colección **la otra orilla**

El cadáver imposible

José Pablo Feinmann

El cadáver imposible

Buenos Aires, Bogotá, Barcelona, Caracas, Guatemala,
Lima, México, Miami, Panamá, Quito, San José, San Juan,
Santiago de Chile, Santo Domingo

www.norma.com

A863 Feinmann, José Pablo
FEI El cadáver imposible. - 1ª. ed.- Buenos Aires:
Grupo Editorial Norma, 2003.
160 p.; 21 x 14 cm. - (La otra orilla)

ISBN 987-545-126-6

I. Título - 1. Narrativa Argentina

Grupo Editorial Norma
San José 831 (C1076AAQ) Buenos Aires
República Argentina
Empresa adherida a la Cámara Argentina del Libro
Diseño de tapa: Ariana Jenik y Eduardo Rey
Ilustración de tapa: fotograma de la película
La escalera caracol, 1946.

Impreso en la Argentina
Printed in Argentina

Primera edición: septiembre de 2003

CC: 22041
ISBN: 987-545-126-6

Hecho el depósito que marca la ley 11.723
Libro de edición argentina

A María Julia
y, muy especialmente,
a Nicolás

Capítulo único

Carta al editor

Señor Editor:

Soy un hombre que vive apartado, lejos. Y lejos no sólo del deslumbrante mundo de las letras, con sus príncipes y cortesanos, sino también, lejos, apartado, del mundo en general. Y cuando uno dice algo así, digamos: *el mundo en general,* usted sabe a qué se refiere: se refiere a la gente, señor Editor, a los demás. Bien, de ellos, de sus penurias y vehemencias, es que vivo apartado. Se diría, así, que los extraordinarios acontecimientos que me propongo narrarle en esta carta hubieran debido ocurrirle a cualquier otro hombre que no fuera yo. Sin embargo, me ocurrieron a mí. Y si he escrito una frase que, presumo, habrá herido su sensible olfato literario; si he escrito, señor Editor, *extraordinarios acontecimientos,* ha sido porque los acontecimientos fueron así: *extra-ordinarios.* Tal como lo es, y se me perdonará esta jactancia, la carta que usted sostiene ahora entre sus manos.

Pese a mi lejanía, pese a mi condición de hombre apartado, una noticia estimulante ha llegado hasta mí: su sello editorial prepara una antología de cuentos policiales argentinos. Bravo, señor Editor. Sé, también, que ha convocado para esta empresa a una serie de escritores que acostumbran a ofrecer ingenio y calidad literaria.

Sin embargo, ¿por qué demorar en decirlo?, tengo una certeza: mis colegas (si se me permite llamarlos así) nutrirán su antología con sucesos ingeniosos, malabares lingüísticos, parajes exóticos, barrios –conjeturo– chinos y uno que otro cadáver. Pero nadie, señor Editor, ninguno de ellos le ofrecerá tanta sangre, tantos crímenes, tantas mutilaciones, en resumen: tantos muertos como yo. De modo que junte coraje, continúe leyendo y entréguese a la exaltación del horror.

No soy el protagonista de esta historia, pero soy su más privilegiado testigo. Y, en cuanto tal, seré su narrador. El narrador de esta historia, nada menos. Se preguntará usted, entonces, ¿qué historia es ésta? Se lo diré: es la historia de una seducción. Escribo para mentirle, para deslumbrarlo, para seducirlo. He aquí mi programa literario: quiero estar en su prestigiosa antología y no ahorraré una sola gota de sangre para lograrlo. Comienzo, por consiguiente, el vertiginoso relato de los crímenes que cautivarán su conciencia.

Ella se llamará Ana. Un nombre, lo sé, breve. Pero necesariamente breve, señor Editor. Porque ella será, a través de todo este relato, la *pequeña* Ana. Y *pequeña* es, diría, una palabra casi larga. Ella se llamará, entonces, brevemente Ana, para que podamos decirle la *pequeña Ana* sin excedernos, sin incurrir en desmesura alguna, en este sentido, al menos, ya que, en otros, abundarán en este relato las desmesuras, señor Editor, la primera de las cuales reclama ya su narración.

En los orígenes de Ana, de la pequeña Ana, está el horror más profundo y el más profundo de los impactos (me resisto a escribir *traumas)* psicológicos. Necesitamos una *gran escena inicial desquiciadora.* Ana debe *ver* algo que marque para siempre sus días. Será así: verá fornicar (palabra fuerte, bíblica y precisa, señor Editor) a su madre con un desconocido. ¿Dónde? Pongamos un lugar: sobre la mesa de la cocina. La pequeña Ana (tiene aquí, en esta primera gran escena desquiciadora, nueve años) se levanta de su cama pues ha escuchado unos extraños quejidos. Son las dos de la madrugada. Ana vive sola con su madre en una humilde casa de los suburbios de Buenos Aires. Supongamos que no ha conocido a su padre, otro amante fugaz de la mujer que ahora fornica salvajemente en la cocina. Ana camina lenta y silenciosamente hasta aquí. Hasta la cocina, ¿no? Y observa entonces la *dantesca* visión. (Subrayo algunos adjetivos cuya obviedad quizá hiera su paladar literario, pero que prometo suprimir en la versión definitiva, cuando usted me autorice a escribir el relato para su publicación.) Escribía, entonces, que la visión de la pequeña Ana fue así, tal como lo he dicho: *dantesca.* Allí, acostada sobre una *sólida* y *rústica* mesa de madera, está su madre, su *dulce* y *amada* madre, con las piernas muy abiertas, las ropas en abominable desorden, los largos cabellos sueltos, torrenciales, los ojos extraviados y la boca jadeante y quebrada por una mueca incomprensible. Gime, parece sufrir. Al menos, para la pequeña Ana, esto es inmediatamente claro: su madre sufre. Sobre ella, sobre su madre, se agita un hombre. Un hombre a medio vestir. Un monstruo agresivo, despiadado, que se obstina en herir a su madre entre las piernas. Allí, de donde parece surgir todo el dolor del mundo.

Bien, seré, ahora, breve: la pequeña Ana abre un cajón, extrae un enorme cuchillo y lo hunde siete veces en la espalda del fugaz fornicador. Éste, el fugaz fornicador, consigue, no obstante, ponerse de pie –algo tambaleante, desde luego– y extender sus manazas –¿sus *garras*?– hacia el cuello de la pequeña Ana. Luce, en verdad, temible: tiene los ojos muy abiertos y sangra por la nariz y por la boca. Con un alarido de furor y de agonía se arroja sobre Ana. Nuestra pequeña no vacila. Odia al fugaz fornicador y no tendrá piedad con él. De modo que le hunde el cuchillo en el estómago. Y ahora sí, quizá obviamente, el fugaz fornicador muere.

La que no es obvia es la madre de la pequeña Ana. No lo es, al menos, obvia, para la pequeña Ana. Pues lejos de agradecerle el haberla librado de semejante monstruo (el fugaz fornicador, claro) comienza a injuriarla con un vocabulario soez, tan soez que su significado escapa a la comprensión de la inocente Ana;

su *significado* pero no su *sentido*. Me explico: la pequeña Ana percibe el sentido amenazante que palpita *en* esas palabras. Brevemente, señor Editor: la pequeña Ana comprende que su madre está enojada con ella. Digamos, incluso, *furiosa*. Y más aún lo comprende –más aún, digo, comprende esta furia de su madre– cuando la ve arrojarse sobre ella emitiendo un alarido feroz y buscándole la garganta (la tersa y blanca garganta de la pequeña Ana) con sus uñas agudas y *centelleantes*. Ambas mujeres, madre e hija, caen ahora entrelazadas sobre el tosco mosaico de esa cocina trágica.

Debo, creo, aclararlo: Ana, la pequeña, no olvidó su enorme cuchillo clavado en el estómago del fugaz fornicador. Allí lo clavó, por cierto, pero luego lo extrajo veloz y prolijamente. De modo que aún lo aferra con su puñito tenaz. Lo aferra mientras se revuelca con su madre sobre el tosco mosaico de esa cocina, insisto, trágica. Pero ahora –*¿súbita y mortalmente?*– ya no lo aferra más. Ahora, señor Editor, el cuchillo, hasta la empuñadura grasienta y ensangrentada, está clavado en medio del pecho de esa madre *fornicadora, feroz y vengativa*. Y la pequeña Ana abre inmensamente sus ojos y observa el espectáculo terrorífico que se ofrece ante sus ojos. (Creo que este texto no es muy feliz, pero prometo corregirlo cuando escriba el cuento que usted, confío, publicará.)

¿Qué ve la pequeña Ana? ¿Cuál es el espectáculo que –desde el suelo, pues aún está ahí: caída sobre el tosco mosaico de esa cocina, lo diré por última vez, trágica– ven sus ojos inmensamente abiertos? Ana ve a su madre, señor Editor, la ve ponerse de pie, la ve (y la oye, claro está) *aullar* con furia y con dolor, la ve aferrar con sus (¿dos?) manos el cuchillo e intentar arrancárselo del pecho, la ve entonces arrancarse el cuchillo, ve (también) una sangre oscura y espesa brotar a borbotones de ese pecho, del pecho de su madre, y la ve, por fin, caer de bruces, muerta, definitivamente muerta sobre el tosco mosaico de esa cocina, digamos, fatal.

Y he dicho bien, señor Editor: fatal. Porque mucho tiene que ver la fatalidad con el comienzo –no lo negará usted– *impactante* de esta historia. Porque Ana no ha querido matar a su madre: ha sido la fatalidad. Ella, Ana, sólo quiso protegerla de ese monstruo lujurioso y violento, el fugaz fornicador. La vio sufrir y quiso evitarle el sufrimiento. Pero la fatalidad lo ha trastrocado todo: Ana le ha inferido a su madre el más atroz, aunque el último, de los sufrimientos: la muerte. Ahora la sostiene entre sus brazos pequeños y llora. Y mientras llora, señor Editor, inaudiblemente, casi, le susurra:

–Mamá... Mamá...

Concluye aquí nuestra *gran escena inicial desquiciadora.* (Su clara inteligencia habrá detectado ya que no sólo subrayo ciertos adjetivos de dudoso gusto, sino, también, textos, conceptos o, en fin, meras palabras cuyo sentido deseo, ¿cómo decirlo?, subrayar.) ¿Qué hace ahora, se preguntará usted, la pequeña Ana?

Serénese: responderé a todas sus preguntas, no en vano me he asumido como el narrador de esta historia.

Ana permanece durante largos minutos observando los cadáveres de su madre y del fugaz fornicador. Han caído uno cerca del otro. Tanto, que podría decirse que se han buscado. O más aún: que han buscado el último abrazo. El de la muerte. Esto enfurece a la pequeña Ana. ¿Hasta tanto se deseaban su madre y el fugaz fornicador? ¿Hasta más allá de la muerte? ¿Tal es el poder de la carne? ¿Tan poderoso el deseo de los cuerpos?

Preguntas, estas últimas, que la pequeña Ana no puede responder. Sólo la sumen en un brumoso asombro y provocan su ira. Ira que surge de lo incomprensible, de aspectos oscuros de la condición humana que están más allá de lo que es inteligible para esta niña, no conviene olvidarlo, de apenas nueve años.

Decide incendiar la casa. El fuego purificará esos cuerpos insaciables y purificará también lo que la pequeña Ana ha hecho con ellos: matarlos.

No necesita salir de esa cocina, pongamos, mortal, para encontrar lo que necesita. Extrae de la despensa una botella de kerosene. Por fortuna está casi llena. Cuidadosamente, entonces, certera en sus movimientos, *¿implacable?*, vierte el contenido de esa botella, por fortuna, lo hemos dicho, casi llena, ¿dónde, señor Editor? Claro está: sobre los cuerpos yacentes de su madre y del fugaz fornicador.

Luego se detiene. ¿Vacila? Quizá un instante, pero no más, ya que ahora deja caer sobre el piso de esa cocina, recordemos, *trágica, fatal* y *mortal,* ¿qué?, ¿qué deja caer, señor Editor? Sí: la botella de kerosene, *ominosamente vacía,* que se quiebra en mil pedazos contra el piso de esa cocina etcétera. Y entonces, febrilmente, Ana corre hacia un armario y abre un cajón, y otro, y otro, hasta que encuentra una caja de fósforos.

Y enciende uno.

La llama ilumina ahora su rostro obstinado. Ana retrocede algunos pasos, uno, dos, tres, y se aleja prudentemente de los cuerpos de su madre y del fugaz fornicador en tanto atenaza en su diestra el fósforo llameante. ¿Se atreverá? Quizá, ahora, usted piensa: no se atreverá. Y quizá lo piensa porque, memorioso, recuerda que le he dicho que nuestra gran escena inicial desquiciadora había concluido. Pues bien, no es así. Me rectifico: no ha concluido. ¿Cómo habría de concluir sin un gran incendio? Porque, en rigor, se lo confieso: ninguna escena es realmente grande y desquiciadora si no contiene un incendio. Puntos de vista.

De modo que aún la tenemos ahí, solitaria en esa cocina etcétera, sosteniendo con su manita el fósforo llameante. Y se atreve: arroja el fósforo sobre los cuerpos de su madre y del fugaz fornicador, húmedos de kerosene. O mejor aún: *empapados.* Y estalla una llamarada poderosa, final, y la pequeña Ana retrocede, espantada, quizá, ante la enormidad de su acto, y los cuerpos de su madre y del fugaz fornicador se consumen entre las llamas, y las llamas se espejan en los ojos muy abiertos de nuestra pequeña, quien continúa retrocediendo, y ahora sale de la cocina, lentamente, mientras las llamas ya buscan el techo, mientras el apocalipsis se torna real, y ya comienzan a caer estrepitosamente las vigas ardientes, y ya la casa es una hoguera, una roja agonía que se eleva hacia el cielo como un manotazo del infierno.*

Ana, por su parte, no ha vacilado en salvar su vida. ¿Por qué habría de morir ella, pequeña, inocente, en esa pira demoníaca? De modo que ha continuado retrocediendo. Y tanto, que ahora contempla desde la vereda de enfrente el fragor de la destrucción. Se oye, lejana, una sirena. Alguien ha llamado a los bomberos. Los vecinos rodean a nuestra pequeña; ella no pronuncia palabra alguna. Dos lágrimas lentas surcan su rostro. ¿Una por su madre y otra por el fugaz fornicador? No: las dos por su madre, pues es la muerte de su madre la que provoca el sufrimiento de Ana.

Un vecino le dice:

–No sufras, Ana.

Pero Ana sufre. Y ahora, inaudiblemente, casi, musita:

–Mamá... Mamá...

---

* Reconozco la casi ingenuidad de esta metáfora, pero no negará usted su fuerza expresionista. Destaco, asimismo, que la presente es la primera nota a pie de página de este texto. Recurriré a ellas siempre que lo considere necesario. Arbitrios de la creación.

Y así permanece, tiesa, mirando inmutable la gigantesca llamarada, con el rostro caliente y rojizo, con otras dos lágrimas lentas surcándole las mejillas, y otras dos, y dos más, posiblemente muchas lágrimas lentas, porque es infinito el dolor que nuestra pequeña siente por la muerte de su madre, como es infinita la náusea que le produce el perfume atroz de esos cuerpos carbonizados, como no menos infinito es el desamparo en que la sume la visión de su casa en llamas, pues su casa es una hoguera, una roja (insisto) agonía que se eleva hacia el cielo como un manotazo del infierno.

Llegan los camiones de los bomberos y los autos de la policía. Luces, ruidos, imprecaciones, órdenes, nerviosismo.

Un policía se acerca a la pequeña Ana. Señalando la casa en llamas, le pregunta:

–¿Vivías allí?

Nuestra pequeña asiente con un movimiento leve de su cabecita. Y dice:

–Sí, señor.

Y bien, ahora sí: nuestra *gran escena inicial desquiciadora* ha concluido.

¿Qué tenemos hasta aquí? ¿Qué le he ofrecido, señor Editor? No poco, creo. Repasemos: el despertar de una niña en mitad de la noche, un acto sexual violento, salvaje, dos crímenes a cuchillo, un pavoroso incendio, el perfume (atroz) de dos cuerpos carbonizados y las lágrimas (lentas) de una niña temblorosa, desamparada para el resto de sus días.

Pude, lo sé, haberle ofrecido más. Y pondré sólo un ejemplo para que perciba usted las infinitas posibilidades del arte de narrar. Pude, y he aquí el ejemplo, haberle narrado cómo una de las vigas en llamas se desprendía del techo y caía, *¿estrepitosamente?*, sobre una pierna de la pequeña Ana. ¿Qué hubiera logrado con esto? Caramba, ¿no lo ve usted? Hubiera logrado una pequeña Ana coja. Coja para siempre. ¿La imagina o no? La *gran escena inicial desquiciadora* no sólo habría dejado entonces una *marca psíquica* en nuestra pequeña, sino también una *marca física*.

¿Qué opina?

¿Lo hago o no?

¿Tenemos o no tenemos una pequeña Ana coja?

Supongamos que archivo la idea, que me la reservo, que haré uso de ella sólo si el relato se debilita, sólo si siento que los horrores del mismo no alcanzan aún para que usted considere insoslayable mi presencia en su antología. Así queda entonces. En reserva. La pequeña Ana será coja siempre que el horror y la desmesura lo requieran.*

Continuemos. ¿Cuál es el destino inmediato de nuestra pequeña? Penetramos aquí en una zona brumosa de la narración. Deben transcurrir días, meses, ¡años!

---

* No dejará usted de observar las brillantes ideas que me permito mantener cautivas. ¿Lujos de una imaginación desbordante?

Pongamos, ante todo, algo en claro: las autoridades policiales que se han hecho cargo de Ana no ignoran que es ella quien ha ultimado a su madre y al fugaz fornicador. Con transparencia descubren esta verdad en la sangre que tiñe sus manos. Con mayor transparencia aún la descubren cuando un inspector le pregunta:

–¿Mataste a tu madre?

Y Ana responde:

–Sí.

Y cuando el inspector le pregunta:

–¿Mataste al hombre que estaba con ella?

Y Ana responde:

–Sí.

De modo que ya no dudan: sí, es Ana quien los ha matado.

Previsiblemente, las autoridades policiales llaman a un psicólogo. Previsiblemente, el psicólogo observa a nuestra pequeña, expele el humo de su pipa y le pregunta:

–¿Por qué mataste a tu madre?

Ana no responde.

Previsiblemente, en fin, la encierran en un *Reformatorio para mujeres.*

Dije que penetrábamos aquí en una zona brumosa de la narración. En efecto, el tiempo debe transcurrir. *Necesitamos un pasaje de tiempo.* Ana, pues, deberá ser derivada de un *Reformatorio* a otro. Entre tanto, crece.

Pero no es necesario que la veamos crecer, ya que tal como en las películas (soy muy afecto al cine, ¿lo es usted?) pondremos aquí un cartelito. El cartelito dirá:

CINCO AÑOS MÁS TARDE*

Reencontramos a la pequeña Ana en la pequeña ciudad de *Coronel Andrade.* (Observe la simetría: una pequeña ciudad para la pequeña Ana.) La ciudad fue fundada en 1829 por un coronel que perseguía a través del desierto a un enemigo inexistente, o, al menos, inhallable. Enloqueció en esa búsqueda y comenzó a matar a sus propios soldados. Conque también tenemos en los orígenes de esta pequeña ciudad una historia de locura y de crímenes. ¿No es el ámbito adecuado para las futuras peripecias de la pequeña Ana? Convengamos que sí.

Pero el ámbito, el verdadero ámbito de estas futuras peripecias *no es* la pequeña ciudad de *Coronel Andrade,*

---

* Samuel Goldwyn solía decir: "Quiero una película que empiece con un terremoto y vaya llegando a un clímax". No es menos lo que me he propuesto ofrecerle, de modo que no pierda la confianza que –no lo dudo– he conseguido despertar en usted. El terremoto ya lo hemos tenido: fue la gran escena inicial desquiciadora. De aquí en más mi pericia narrativa deberá conducir la historia hacia lo que Goldwyn exigía de las buenas historias. Es decir, que fueran llegando a un clímax. Tan seguro estoy de conseguirlo que he de jurarle lo siguiente: la *última* escena de esta narración será aún más desmesurada, *más loca,* que la primera. Ya lo verá.

sino el *Gran Hotel Coronel Andrade.* Se preguntará usted: ¿por qué una pequeña ciudad habría de tener un gran hotel? Caramba, extreme su imaginación, no es arduo justificar algo así. Supongamos, por ejemplo, que, en cierto instante de su historia, la pequeña ciudad de *Coronel Andrade* fue objeto de programas de explotación petrolífera. Se dibujó allí (¿cincuenta años atrás?) un futuro de ilimitada prosperidad. Y, en medio de esta euforia, se construyó el Hotel. Un lujoso Hotel para albergar a los inversionistas, a los sagaces, ambiciosos hombres que llegaban desde Buenos Aires. De este modo, ese Hotel fue el fruto de una esperanza: *Coronel Andrade,* que se halla a poco más de doscientos kilómetros de Buenos Aires, habría de convertirse en un centro de prosperidad, de agitación financiera, de brillante futuro.

Sin embargo, todo se desmoronó. No *hubo petróleo.* Los empresarios se fueron, regresaron a Buenos Aires, y allí quedó el Hotel, un descomedido dinosaurio inútil, el fósil de un sueño frustrado.

Se fue desmoronando de a poco. Se fue convirtiendo en un cascarón lúgubre, con enormes telarañas, con cucarachas, con ratas. Delincuentes, locos y mendigos buscaron refugio en sus habitaciones. Los echaron, los enviaron al sur, a Ushuaia, a que se pudrieran en esas cárceles heladas. Y cuando ya la esperanza del regreso de los magnates hubo muerto para siempre, alguien, desde Buenos Aires, ordenó transformarlo en un *Reformatorio para Mujeres.* Aquí, pues, ahora, en el *Gran Hotel Coronel Andrade,* está la pequeña Ana.

El Hotel tiene sótanos, cocinas, *hornos,* pasillos laberínticos, habitaciones varias. Nada le falta para la escenografía del horror. Nuestro relato ya tiene su espacio, su marco implacable.

Y ahora la vemos. Ahí está nuestra pequeña: está en el amplio patio del Reformatorio, compartiendo el sol de la tarde con otras reclusas. Tiene catorce años, pero es casi la misma que conociéramos en la gran escena inicial desquiciadora. Es frágil, tímida y, por supuesto, pequeña. Si este relato se llevara al cine, la misma actriz podría hacer los dos papeles: el de la pequeña Ana a los nueve años y el de la pequeña Ana a los catorce.*

Las reclusas se pasean por el *amplio patio.* No necesito aclararle que no son, por decirlo así, jóvenes inocentes. Cada una ha cometido el delito por el que ha sido condenada. *Cada una es culpable.* Han matado, han robado, se han entregado al consumo del alcohol o de las drogas.

Conjeturo, aquí, que, alarmado, se preguntará usted: ¿se transforma este relato en un relato de *cárcel de mujeres*? Serénese: no. Pero necesitamos mujeres. Mujeres en un Reformatorio. Ya las tenemos. Adelante.

---

* ¿Lo he sorprendido? ¿Tolera usted mi ambición? Mi confianza en el poder de este relato es mayor a medida que se lo narro. A esta altura, no sólo creo que será parte de su prestigiosa antología, sino que una productora cinematográfica comprará los derechos para hacer un filme. Ya lo verá.

Hay celadores vigilando a las reclusas. Y también hay un *Jefe de Celadores.* Se llama Felisferto López y es alto, excesivamente delgado y tiene unos abundosos bigotes que casi le cubren la boca. Un plumero, vea. Un hombre triste, débil, tolerante, cansado, sin nada que lo ligue verdaderamente a la vida.

Necesitamos que este personaje sea así porque necesitamos que la disciplina entre las no inocentes reclusas sea prácticamente nula, quiero decir: *inexistente.* La debilidad de López se ha contagiado a los restantes celadores y ya nadie impone el orden en el Reformatorio. Así, las reclusas beben, fuman, se drogan e incurren en apasionados actos de lesbianismo, por ejemplo, cuando se duchan. Y en otras circunstancias también.

Ahora, lo dije, están en el patio. Y ríen, corren, se golpean, se insultan y hasta lanzan ventosidades ruidosas o cuescos. Un horror. ¿Qué hace entre tanto Ana? Ana se ha sentado en un rincón y tiene entre sus manos una muñeca. Suave, delicadamente, la peina.

Nuestra pequeña no participa de las turbulentas actividades de sus compañeras. Sería excesivo afirmar que está distanciada, marginada de ellas. Quiero decir: de sus compañeras. No, pero el estilo de Ana es otro. Ana es retraída, tersa, gusta estar con sí misma, la soledad le place.

Aunque, en rigor, no está sola. Peina, lo he dicho, y acaricia una muñeca. ¿No se encuentra algo crecida para jugar con muñecas? ¿No tiene ya catorce años? ¿No le estoy ofreciendo la imagen de una pequeña

Ana boba? En modo alguno. Y le diré por qué: Ana no juega con una muñeca, la ha construido. La diferencia es abismal. No estamos ante una lela, una retrasada mental que atosiga sus horas con artilugios de la infancia. Ana trama sus muñecas, las urde pacientemente en busca de una perfección que no siempre se le escapa, porque Ana, en efecto, es capaz de construir muñecas perfectas. Y con mayor asiduidad lograría esta perfección si tuviera un ámbito para su *lenta* y *paciente* tarea. Pero no lo tiene. Nadie, hasta ahora, la ha querido tanto como para permitirle crear un Taller de Costura. Y he dicho bien: *nadie, hasta ahora.* Porque ya veremos.

Los desatinos de las reclusas han llegado a perturbar la calma en que solía transcurrir sus días el Director del Reformatorio, Heriberto Ryan, que si bien no es un débil como Felisberto López, el Jefe de Celadores, tampoco brilla por la fortaleza de su carácter, ya que, en rigor, Heriberto Ryan no brilla por nada: ni por su carácter, ni por su físico, ni por su cultura. Es un mediocre abogado que sobrelleva su existencia en ese oscuro Reformatorio, allí, en medio de los vientos de la pampa. No obstante, ha decidido terminar con la caótica situación reinante. Es, al fin y al cabo, un hombre de orden.

Convoca, en consecuencia, a Felisberto López. Habrá de cruzar con él algunas pocas pero definitivas palabras. Habrá de conminarlo a que imponga el orden en el Reformatorio, pues las cosas no pueden continuar así, en el estado de labilidad moral en que se encuentran. Felisberto López le confiesa que no ignora que la moralidad del Reformatorio es pésima, pero lo que sí ignora es que exista, en el Reformatorio, una labilidad moral, ya que, en verdad, ignora qué significa la palabra *labilidad.* Sin ofuscarse, Heriberto Ryan extrae de su biblioteca un diccionario, lo abre, busca y luego dice:

–Vea, López, no sea ignorante. Aquí dice que la palabra lábil es un derivado culto del latín *labilis,* que quiere decir "resbaladizo". De modo que cuando yo le digo que en el Reformatorio hay un estado de labilidad moral, le quiero decir que la moralidad es resbaladiza. O sea, López, que no es sólida, segura, firme. ¿Me comprende?

–Sí, señor –dice López. Y para demostrar hasta qué punto lo ha comprendido, añade–: La moral es lábil.

Heriberto Ryan guarda el diccionario, clava su mirada en los ojos de López y dice:

–Mano de hierro, López. Orden, disciplina, decencia. Si viene una inspección de Buenos Aires, puede volar mi cabeza. Pero antes, se lo juro, volará la suya.

–No será así, señor –dice López. Y añade–: Orden, disciplina, decencia.

–Proceda –dice Ryan.

Felisberto López reúne a las reclusas en el *amplio patio.* ¿Cuántas son las reclusas? ¿Cien, doscientas, quinientas? Dependerá, supongo, del costo que la productora que lleve al cine este relato decida gastar en la contratación de extras. Pero, por el momento, digamos que las reclusas son más de cien. Y si usted prefiere una cifra exacta, pongamos: ciento catorce. No son, creo, pocas. Tantas son, que ocupan por completo el *amplio patio.**

Separadas las piernas, los brazos en jarra, se planta frente a ellas, las reclusas, un severo Felisberto López. El viento caliente de la pampa agita su *abundoso* bigote. Es la hora del crepúsculo y las sombras se alargan sobre el piso del patio. Detrás de López, del *Jefe,* separadas también las piernas, y también los brazos en jarra, se alinean los celadores, supongamos diez o doce; supongamos, si son diez, seis hombres y cuatro mujeres, y, si son doce, siete hombres y cinco mujeres. En fin, algo así.

Las reclusas aguardan expectantes. El silencio es total. ¿Al fin la disciplina? No: súbitamente se oye una ventosidad ruidosa o cuesco. Las reclusas ríen. Felisberto López vocifera:

–¡Silencio!

Otra vez el silencio. Felisberto López, ya no vociferando, pero con firmeza y convicción, dice:

–Vean, señoritas, aquí se acabó la joda. Si pensaron que yo era un débil, se equivocaron. Si confundieron

---

* No subrayaré más "amplio patio". Deberá usted recordar que, de aquí en adelante, aun cuando escriba solamente "patio" habrá que comprender que el patio es amplio. Para siempre, amplio.

mi bondad con estupidez, también se equivocaron. Y si piensan que no soy capaz de cambiar las cosas, se equivocan todavía más.

Ana, entre las reclusas, escucha las palabras llenas de sonido y de furia de Felisberto López. Contra su pecho, sostiene a una de sus muñecas. López continúa:

–¡Orden, disciplina y decencia! ¡Esto es lo que quiero y esto es lo que voy a conseguir!

Las venas de su cuello se han enrojecido, tal es su furia. Cunde el asombro entre las reclusas. ¿Hasta ese extremo había contenido su ira Felisberto López? ¿Es, entonces, un hombre temible?

¿Conseguirá doblegarlas? Entre tanto, y ya no sólo con firmeza y convicción, *sino otra vez vociferando,* prosigue López:

–El estado de labilidad moral en que este Reformatorio se encuentra... ¡acabará para siempre! Entendieron, ¿no? ¡Acabará para siempre! ¡Para siempre!

Y entonces –¿lo creerá usted, señor Editor?– una de las venas hinchadas y rojas del cuello de Felisberto López (la *más* hinchada y la *más* roja, por supuesto) estalla. Sí, no ha leído mal: estalla. Y la sangre brota tan abundosamente como abundoso es el bigote de Felisberto López, quien, pobre hombre, lleva sus manos al cuello, ruge ¡Argh! y se desploma contra el piso, todavía vociferando:

–¡Para siempre! ¡Para siempre! ¡Para ssssss...!

Y se muere, sin más, como un perro, y tal como él lo estaba diciendo: *para siempre.* ¿Un aneurisma?

¿Hipertensión arterial? ¡Vaya uno a saber! Y además, ¿importa acaso? No demorará usted en comprender que Felisberto López debía morir aquí, en esta secuencia del relato. Poco, pues, importa la causa. De modo que así está ahora: muerto, allí, contra el duro piso del patio, sumido en su propia sangre, como un espectáculo final y grotesco que se ofrece a la visión ávida de las reclusas, quienes, al verlo morir, exclaman:

–¡Bravo! ¡Reventó! ¡Viva! ¡Se hizo mierda!

No le ocultaré que la muerte de Felisberto López es la *única* muerte natural de este relato, si es que existe algo así como eso que se da en llamar *muerte natural,* cosa que yo no creo, pues, como cierta vez leí en alguna parte, no hay muerte natural, ya que lo que siempre lo mata a uno es algo, desde una gripe hasta un cáncer. Pero, tampoco se lo ocultaré, podemos, sí, definir como *natural* la muerte de Felisberto López porque es el único personaje de este relato que no muere asesinado por *otro* personaje.

Reconocerá usted, de cualquier modo, que aun cuando haya sido natural, no por ello esta muerte ha dejado de ser exquisitamente violenta. Supongo que habrá visualizado la escena: una vena que se hincha con desmesura y estalla. Y la sangre a borbotones, y un hombre que se lleva las manos al cuello y lanza un doloroso rugido (¡Argh!) y se desploma contra el piso. ¿No es acaso, la de Felisberto López, una *sangrienta* muerte natural? ¿Pude haberle ofrecido algo mejor? No lo creo.

Pero sigamos, pues nada perjudicaría más a mi narración que solazarme con sus hallazgos parciales. ¿Qué hacen ahora las reclusas? La muerte de Felisberto López las solivianta. Comienzan a saltar, a bailar de alegría y a decir frases terribles como "¡Reventó ese pelotudo!". Y arrojan más cuescos o ventosidades ruidosas; una modalidad que, según hemos visto, utilizan tanto para expresar su disconformidad como su alegría.

Los celadores, por su parte, permanecen inmóviles, no atinan a nada. Sostienen, sí, entre sus puños, poderosos bastones de goma, pero nada los impulsa a la represión. Necesitan un jefe, alguien que les grite órdenes, que piense y resuelva por ellos. ¿Quién? No Felisberto López, desde luego, ya que el desdichado Felisberto yace sobre un impúdico charco de sangre, que cada vez se dilata más, como si la sangre de este pobre hombre fuera tan infinita como los deseos que reprimió en vida.

Aparece entonces Heriberto Ryan. Acaba de abrir la pesada puerta que comunica el (amplio, ¿recuerda?) patio con el resto del Reformatorio y sostiene un revólver en su diestra. Algunas reclusas lo ven. Otras no. Otras continúan bailando salvajemente y lanzando sus cuescos. También los celadores lo han visto. A Heriberto Ryan. Y bien, ¿qué hará?

Como dicen los políticos: *que nadie se llame a engaño.* Esta aparición levemente espectacular de Ryan no deberá hacernos olvidar lo que ya hemos dicho de él: es un pobre tipo. No tanto, quizá, como Felisberto López. Pero ahí.

Ryan eleva su diestra y dispara tres veces al aire. Es decir:

¡Bang! ¡Bang! ¡Bang!

Y otra vez el silencio. Todos, reclusas y celadores, miran ahora al Director del Reformatorio, quien dice:

–Respetemos a los muertos.

Extraña frase, en verdad. ¿No lo ha sorprendido? Lo previsible era que Heriberto Ryan ordenara a las reclusas que se aquietaran, que hicieran silencio y que se marcharan a los dormitorios. Pero no: pidió respeto por el finado Felisberto López. Una manera, pensará usted, de decir lo mismo. Pero, vea, no exactamente, ya que Heriberto Ryan no vociferó "¡Orden, disciplina y decencia!", sino que dijo:

–Respetemos a los muertos.

Y fue tan extraña la frase que tuvo el (extraño) poder de sosegar a las reclusas, quienes abandonaron sus bailes salvajes y, por sí mismas, sin que nadie lo sugiriera u ordenara, marcharon a los dormitorios.

A Felisberto López, esa noche, lo velaron y, al día siguiente, lo enterraron en el descampado que se extiende detrás del Reformatorio. Se cavó un foso y una tierra húmeda y fresca recibió generosamente el féretro con Felisberto y su vena reventada. Sólo a algunas de las reclusas se les permitió asistir al sepelio. Entre ellas, Ana. El cura O'Connor, que oficia misa todos los domingos en la pequeña capilla del Reformatorio, santifica la ceremonia. Y Heriberto Ryan dice algunas palabras.

–Este hombre –dice– ha muerto en el cumplimiento de su deber. No era valiente, no era inteligente, no era muchas cosas más. Pero era, creo, un hombre bueno. Que Dios lo reciba y perdone sus pecados, que, como sus talentos, nunca fueron muchos.

El cajón es devorado por la tierra y un escalofrío recorre la espalda de la pequeña Ana. ¿Todo termina así? ¿Así es el final? ¿Muere el alma con el cuerpo? ¿Existe algo más allá de la tumba? Curiosas preguntas, dirá usted, para una joven de catorce años. Pero no es así: la metafísica lo asedia a uno siempre que asiste a un entierro. ¿Podría, en consecuencia, ocurrir algo distinto con Ana? ¿No es acaso sensible, introvertida, afecta a la meditación?

Transcurren algunos días. La situación en el Reformatorio es caótica. Las reclusas, libradas a su arbitrio, incurren en actos de gran impudicia, se emponzoñan, se envilecen. No hay orden, ni disciplina, ni decencia. Los celadores, sea en los dormitorios, en el comedor o en el patio, no se animan a usar sus bastones de goma, pues temen las represalias de las reclusas. En su Escritorio, en cuya puerta una inscripción reza *Director,* Heriberto Ryan permanece impotente. Se restrega las manos y con un arrugado pañuelo se seca el sudor de la cara. También, con frecuencia, extrae de su biblioteca una gran botella de whisky que esconde tras el *Ulises* y bebe; bebe, quizá, excesivamente.

Ana, nuestra pequeña, permanece en cama durante estos días alborotados.*

Lee, solitaria, inocente, una edición infantil de *Moby Dick*. ¿Tienen algo en común Ana y el Capitán Ahab? Si bien a nuestra pequeña no le falta una pierna, recordemos que en ciertos momentos de este relato será coja. Algo en común, pues, Ana y Ahab, tienen. Y además, señor Editor, y perdone que incurra en una reflexión tan transitada, ¿quién no busca en este mundo su ballena blanca? ¿Cuál es la de Ana?

Cierto día, durante el almuerzo, hace su aparición Heriberto Ryan. Las reclusas se sorprenden. Este hombre de escaso coraje, ¿se habrá animado finalmente a enfrentar la situación? Los celadores esgrimen sus bastones de goma y hacen sonar sus silbatos. Ryan vocifera:

–¡Silencio!

Más por curiosidad que por obediencia, las reclusas acallan sus gritos y sus habituales cuescos. ¿Qué novedad traerá este hombre pequeño, de anteojos de vidrios gruesos, semicalvo y con abdomen ya abultado? Ryan no demora en aventar este interrogante. Dice:

–No tengo nada que decirles. Para mí, ya no hay lugar para las palabras.

¿Cuál es entonces la novedad?

Ryan continúa:

---

* Supongo que alguien más, aparte de García Márquez, digo, tiene derecho a usar el adjetivo *alborotado*. He recurrido a él con total deliberación. Luego le diré por qué.

–Sólo quiero presentarles a alguien. A la persona que impondrá el orden y la decencia en este abismo infernal –hace una breve pausa y, señalando hacia la puerta del Comedor, añade–: Les presento al nuevo Jefe de Celadores.

Y entonces aparece una mujer alta, rubia, cuyo rostro no nos es desconocido. Y mucho menos lo es, ese rostro, desconocido para la pequeña Ana, ya que, señor Editor, la mujer que acaba de entrar por la puerta del Comedor del Reformatorio es *idéntica* a la madre de nuestra pequeña. Idéntica, es decir: se le parece como se parecen entre sí dos gotas de agua.*

La mujer viste un traje sastre gris y ha peinado sus cabellos rubios con un rodete. De su cintura cuelga una cartuchera. Severamente, dice:

–Me llamo Elsa Castelli.

El asombro se dibuja en los ojos de la pequeña Ana. Elsa Castelli *es* su madre. Físicamente, al menos, no hay nada que la diferencie de la mujer que encontró una muerte atroz en aquella cocina, recordemos, trágica.

Elsa Castelli mira a las reclusas. Las reclusas miran a Elsa Castelli. El silencio es absoluto. Elsa Castelli pregunta:

–¿Quién es la peor de ustedes, la más perversa?

Sara Fernández, una joven de diecisiete años, robusta y fuerte, se abre paso entre sus compañeras. Elsa

---

* En este caso, la versión cinematográfica deberá utilizar, sin ninguna duda, a la misma actriz.

Castelli le clava su mirada. Sara Fernández se detiene a casi tres metros del nuevo Jefe de Celadores, es decir, de Elsa Castelli. Y dice:

–Aquí, la peor, la más perversa, soy yo –y, desafiante, añade–: Las otras son ángeles al lado mío.

Elsa Castelli, entonces, sin hesitar, extrae un revólver de su cartuchera, apunta a Sara Fernández y le descerraja, prolijamente, un balazo entre ceja y ceja. Y Sara Fernández, que tenía diecisiete años, que era robusta y fuerte, y que decía ser la peor, la más perversa de sus compañeras, cae contra el piso, muerta; y, tal como Felisberto López, *para siempre.*

Azoradas, paralizadas por el espanto, a nada atinan las reclusas. Oscuramente comprenden que les aguardan horas inciertas, difíciles, que esa mujer que ahora introduce en su cartuchera el revólver con el que ha ultimado a Sara Fernández, es el más feroz enemigo que jamás las enfrentó.

¿Y Ana? ¿Qué ocurre con nuestra pequeña? Ana cree que Elsa Castelli es su madre que ha regresado, y que lo ha hecho no para asesinar a Sara Fernández, no para imponer el orden de los camposantos en el Reformatorio, sino para vengarse, para infligirle el castigo que ella, Ana, merece por haberle dado muerte en aquella cocina, recordemos, fatal. De modo que su espanto es aún mayor que el de las otras reclusas, ya que se siente el blanco último de la ira letal de Elsa Castelli, quien, ahora, señalando con un gesto desdeñoso el cadáver de Sara Fernández, dice:

–Ahí la tienen. Esa infeliz era la peor, ¿no? Bueno, ya está reventada. Supongo que con ustedes voy a tener menos problemas –y dirigiéndose a los celadores, ordena–: Sáquenla de aquí.

Dos hombres corpulentos levantan el cadáver de Sara Fernández y se lo llevan. Un silencio tangible invade el recinto. ¿Cuánto dura? ¿Un minuto? Digamos un minuto. Luego, Elsa Castelli dice:

–Como habrán visto, aquí rige la pena de muerte. Yo voy a ser el juez y también el verdugo. Voy a decidir quién va a vivir y quién va a morir. Y a la que tenga que morir... la mato yo.

Elsa Castelli se pasea entre las reclusas. Lenta, ¿*inexorablemente*?, se acerca hacia la pequeña Ana. Se detiene a su lado, la mira con fijeza y le pregunta:

–¿Cuántos años tenés?

–Catorce –responde Ana.

–Parecés más jovencita –dice Elsa Castelli. Y pregunta–: ¿Cuál es tu nombre?

–Ana –responde Ana.

–Portate bien y vas a vivir –dice Elsa Castelli. Y luego, enfrentando a las restantes, añade–: Y lo mismo vale para todas ustedes. ¡Pórtense bien y van a vivir! –súbitamente, como si un temblor la arrasara, lanza una carcajada violenta. Y luego, súbitamente también, se aquieta y dice–: El problema es... ¿qué diablos entiendo yo por portarse bien? Eso, lo juro, no lo sabrán nunca. Nunca van a conocer las causas por las que en este lugar se podrá vivir o se podrá morir. Eso, chicas, es el terror. Y yo soy el terror.

Dicho lo cual, vuelve a mirar a las reclusas como si tuviera el poder de mirarlas a todas, es decir, *a cada una de ellas,* una tras otra, amenazadoramente, y se retira. Tras sus pasos, sale Heriberto Ryan. El silencio ya no sólo es tangible, es mortal. Ni un solo cuesco. Todo ha cambiado.

Los celadores, por su parte, parecen despertar de un largo sopor, de un largo sueño apático, quizá cobarde. Ahora son brutales, *¿incontenibles?* Golpean a las reclusas con sus bastones de goma y las insultan ferozmente.

Pero las sorpresas no han terminado aún. Como una exhalación, Elsa Castelli entra nuevamente en el Comedor. Y ruge:

–¡Basta, idiotas! –los celadores se detienen. Elsa Castelli dice–: El descontrol y la impunidad me pertenecen. Ustedes limítense a vigilar el orden. Si hay orden, no se le pega a nadie. ¿Está claro?

Los celadores responden:

–Sí, señora.

Elsa Castelli, con una calidez tan sorprendente e inesperada como su furia, dice:

–Sigan comiendo, chicas.

Y, ahora sí, sale del Comedor.

Esa noche, en el *amplio* Dormitorio, junto a las otras reclusas, Ana duerme agitadamente. Da vueltas y vueltas en su cama. Un sudor frío brilla en su rostro. ¿Qué sueños, o, mejor aún, qué pesadillas mortifican el reposo de nuestra pequeña? Una sola y recurrente, obsesiva. Ana se sueña en un camposanto, de noche, ante una tumba. De la tumba sale una mano, Ana aferra esa mano y tira de ella; aparece, entonces, su madre, allí, surgiendo de esa tumba, removiendo la tierra húmeda y oscura, su madre ensangrentada, con el enorme cuchillo aún clavado en su pecho, y Ana forcejea, y su madre ya está libre hasta más allá de su cintura, y Ana ya cree que la rescata, que es suya otra vez, y, bruscamente, no, una fuerza ciega, desconocida y poderosa, comienza a hundir nuevamente a su madre en la tumba, y la tierra húmeda y oscura la devora como una ciénaga implacable, y la madre grita "¡Salvame! ¡Salvame!", y Ana extrema sus fuerzas, pero es inútil, la fuerza que surge de la tumba puede más que la suya, y su madre se pierde en busca del corazón de las tinieblas, bajo la tierra, para siempre, y Ana se despierta y grita:

–¡Mamá!

Y nadie le responde, ya que sus compañeras duermen y una hebra de luz anuncia el nuevo día filtrándose por los ventanales, y Ana seca el sudor de su rostro, y apoya su cabeza sobre la almohada, y permanece así, tiesa, mirando algún impreciso lugar del techo, con el pavor aún asomándole en los ojos.*

---

* Esta pesadilla, lo sé, le recordará la del filme *Carrie* (1976), de Brian De Palma, con Sissy Spacek, basado en una novela del gran maestro Stephen King, de quien, poco o mucho, ya hablaremos.

De una vez y para siempre (tan *para siempre* como murieron Felisberto López y Sara Fernández y como mueren todos los

Sin embargo, ese pavor va disminuyendo. La pesadilla ha sido terrible, como lo son todas. Pero su mensaje, bien mirado, fue alentador: la madre de Ana, lejos de odiarla, le rogaba que la salvara, que la liberara del ahogo postrero de la tumba. "¡Salvame!", gritó. "¡Salvame!" Elsa Castelli, por consiguiente, no ha venido para odiar a Ana, para vengarse, sino para permitirle el reencuentro con su madre, que no es otra que ella, Elsa Castelli, la perfecta imagen de la madre de Ana rediviva.

¿Será así? Ana no lo sabe, pero esta tenue esperanza le posibilita conciliar el sueño.

Me permitiré ahora desplazar el punto de vista del relato. No es la primera vez que lo hago, puesto que ya lo hice al narrarle un diálogo –breve, es cierto– entre Heriberto Ryan y Felisberto López. Pero importa destacar esta opción narrativa: narraré, casi

---

que mueren en este relato, o no todos, según se verá) le aclararé algo: este relato está urdido por sus influencias, tramado por ellas. Es una ficción que se alimenta de ficciones, pues, según se lo he confesado, escribo para mentirle. Y le diré más: *la maravillosa originalidad de este relato radica en la maravillosa estructuración de sus influencias.*

En cuanto a *Carrie,* más allá del símil con la secuencia de la pesadilla, importa señalar lo siguiente: una actriz como Sissy Spacek (quiero decir: tal como era Sissy Spacek cuando filmó esa película) sería la adecuada para interpretar a la pequeña Ana en la versión cinematográfica. No lo olvidemos.

¿Tolera usted mi vanidad?

siempre, *desde* la pequeña Ana, pero allí donde sea necesario abrir el relato, desplazar el punto de vista, lo haré.

Lo he dicho: arbitrios de la creación.

¿Dónde, pues, nos ubicamos? ¿Qué tal el dormitorio de Elsa Castelli? Sí, ahí está ella. ¿Cuándo ocurre esto? Digamos: es la misma noche en que Ana tuvo su terrible pesadilla. ¿Qué hace Elsa Castelli? Está frente a un espejo y se pinta los labios.

No ha cambiado sus ropas. Aún viste el traje sastre gris. No ha cambiado su peinado. Aún se peina con el breve, austero rodete.

Deja el rouge sobre la cómoda, aprieta sus labios, luego los afloja y sonríe. Le agrada la imagen que el espejo le devuelve.

Sale de la habitación.

¿Qué hace Heriberto Ryan?

Está en su Escritorio, en cuya puerta, recordemos, una inscripción reza *Director.* Se ha dejado caer en un amplio sillón y bebe, densamente, su whisky.

Se oyen dos breves pero ineludibles golpes en la puerta. ¡Tap! ¡Tap! Ryan, presuroso, guarda el whisky en la biblioteca, otra vez tras el *Ulises.*

–Ya voy –previsiblemente, responde.

Abre la puerta y allí está ella, Elsa Castelli, con sus labios muy pintados, su traje sastre gris y su breve y austero rodete.

–Buenas noches –dice. Sonríe y pregunta–: ¿Puedo entrar?

Heriberto Ryan farfulla algo ininteligible, se hace a un lado y Elsa Castelli entra. Ryan cierra la puerta. Ahora se miran, ¿*largamente*? Elsa Castelli dice:

–Dígame la verdad, Ryan. ¿Qué le pareció mi presentación de hoy? ¿Imprudente, exagerada o ridícula?

–Algo más grave aún –dice Ryan–. La vi como a una fanática.

Elsa Castelli enciende un cigarrillo. Expele el humo y dice:

–Todas las causas necesitan fanáticos. Si no fuera así, no tendríamos héroes ni santos.

–No todos queremos ser héroes o santos –dice, muy prudentemente, Ryan.

–No sea mediocre, Ryan –dice Elsa Castelli–. Los mediocres son los inventores de las palabras prudencia, exageración, ridiculez o fanatismo.

–Ninguna palabra es mala en sí misma –dice, siempre prudentemente, Ryan–. Depende del uso que se le dé.

–Vea, Ryan –decidida, dice Elsa Castelli–, esas chicas, hoy, descubrieron algo. Tienen un enemigo: yo. Y yo prefiero el enemigo de frente a un tibio. Será porque los tibios me repugnan, me dan náuseas.

–Quizá tenga usted razón –dice Ryan–. Quizá sólo alguien como usted pueda imponer el orden en este Reformatorio.

–No lo dude –dice Elsa Castelli–. Pero necesito su ayuda.

–Desde luego –dice, muy ingenuamente, Ryan. Y afirma–: Cuente conmigo para lo que sea.

Elsa Castelli expande sus grandes labios pintados y sonríe; se sienta sobre el escritorio, exhibiendo sus largas piernas, se desprende el breve y austero rodete y sus cabellos caen intensos y muy rubios sobre su espalda, y, entonces, sensualmente, pregunta:

–¿Para lo que sea?

Y aquí abandonamos a Elsa Castelli y Heriberto Ryan, y si usted me preguntara por qué, le respondería una vez más: arbitrios de la creación. En alguna parte, al fin y al cabo, he leído que una novela es una aventura subjetiva en la que un escritor narra el mundo a su manera, y que sólo se le puede exigir que tenga una manera, es decir, el arte de organizar el universo en una ficción. Bien, ¿necesito decírselo?, yo la tengo.

Así las cosas, continúo. Supongamos que esa noche, la misma en la que Ana tuvo su pesadilla y en la que Elsa Castelli le preguntó a Heriberto Ryan "¿Para lo que sea?", cuatro reclusas abandonan sus lechos, una tras otra, quiero decir: no juntas, y se encaminan al sitio en el que habían juramentado reunirse luego de presenciar atónitas el asesinato de Sara Fernández. Llamaré a este sitio: el Sótano de la Venganza.

No sé si necesito recordarle que el Reformatorio fue un Gran Hotel. No sé si necésito recordarle que tiene pasillos laberínticos y habitaciones varias. Cada una de las cuatro reclusas, por consiguiente, tiene que atravesar esos pasillos, en medio de la oscuridad y el silencio de la noche, para llegar al Sótano de la Venganza. Supongamos que ya están aquí.

Una se llama Carmen y es gorda. Otra se llama Rosario y es flaca. Otra se llama Judith y es alta. Otra se llama Natalia y es baja. Poco importa si Carmen es alta o baja. O si Judith es gorda o flaca. O si Rosario es alta o baja. O si Natalia es gorda o flaca. Poco importa. Son, *esencialmente son,* como he dicho que eran: Carmen es gorda, Rosario es flaca, Judith es alta y Natalia es baja. Todas tienen entre dieciséis y diecisiete años.

Supongamos que se sientan (*¿se conjuran?*) alrededor de una mesa.

Sobre la mesa hay una vela que despide una luz amarillenta y escasa.

Algunas ratas corretean por el piso. Hay enormes telarañas. Hay murciélagos. A través de un alto ventanal se filtra la también escasa luz de la luna.

Carmen, que es gorda, dice:

–Tenemos que matarla.

Rosario, que es flaca, dice:

–O la matamos o nos mata ella.

Judith, que es alta, dice:

–Pena de muerte.

Natalia, que es baja, dice:

–Para Elsa Castelli.

De un bolsillo de su delantal gris (las reclusas visten delantales grises, ¿no se lo dije?), Carmen extrae una navaja. Y dice:

–Las manos.

Sus tres compañeras extienden las manos, y Carmen, como oficiando un ritual inexorable, dibuja un tajo en cada una de las palmas y también en la suya. Tibias gotas de sangre caen sobre la mesa y se mezclan con el sebo de la vela. Carmen dice:

–Juramos matar a Elsa Castelli.

Las otras tres dicen:

–Lo juramos.

Y las cuatro juntas dicen:

–Pena de muerte para Elsa Castelli.

Y unen sus manos y unen su sangre.

Durante los días que siguen, Elsa Castelli impone el orden de los camposantos en el Reformatorio. Las reclusas obedecen ciegamente sus mandatos, pero, con frecuencia, ignoran cuáles son, ya que Elsa Castelli es deliberadamente contradictoria. A veces dice sí, a veces no. A veces dice que algo está permitido, luego castiga cruelmente a quien lo hace. A veces castiga a quien hizo algo, a veces a quien no hizo nada. Sólo hay algo coherente, invariable: su crueldad.

Cierto día, con un respeto cercano al miedo, en voz baja, un Celador le pregunta:

–¿Por qué hizo azotar a esa reclusa? No había hecho nada.

–Precisamente por eso –responde Elsa Castelli–. La azoté porque era inocente. Para que exista el terror, también hay que castigar a los inocentes.

Alarmado, el cura O'Connor entra en el Escritorio de Heriberto Ryan, quien, sin que el cura llegue a verlo, guarda la botella de whisky tras el *Ulises*.

–Es atroz lo que está haciendo esa mujer –dice O'Connor.

–¿Quién es *esa mujer*? –pregunta Ryan.

–¿Cómo *quién es*? –pregunta, por su parte, O'Connor–. Me refiero al nuevo Jefe de Celadores. A Elsa Castelli.

–Ahá –farfulla Ryan–. Elsa Castelli.

–Es despótica, arbitraria y cruel –dice O'Connor.

–¿Y quién le ha dicho eso? –pregunta Ryan.

–Los mismos celadores –dice O'Connor–. Hasta ellos están horrorizados.

Alguien, entonces, *¿sarcásticamente?*, pregunta:

–¿Aún no empezó el horror y ya están horrorizados?

Es Elsa Castelli, quien, sin que Ryan ni O'Connor lo advirtieran, ha entrado en el Escritorio. Apoyada contra la puerta, los observa. O'Connor, con el rostro enrojecido por la indignación, pregunta:

–¿No hubiera sido más adecuado que usted golpeara la puerta antes de entrar?

Contundente, arrogante, Elsa Castelli dice:

–Yo entro aquí cuando y como se me da la gana.

O'Connor mira a Ryan, como exigiéndole que ponga las cosas en su lugar. Pero Ryan no, nada. Abstraído, errático, pasea su mirada por distintos objetos de la habitación: un perchero, la cabeza embalsamada de un ciervo, un cenicero y así sucesivamente. O'Connor, resignado a no esperar nada de Ryan, enfrenta a Elsa Castelli. Y dice:

–Usted asesinó a una joven. A Sara Fernández.

–Así es –dice, muy tranquilamente, Elsa Castelli–. Tengo ese estilo para presentarme.

–¿Y dónde está el cuerpo de la desdichada? –pregunta, cada vez más enrojecido por la indignación, O'Connor–. Nadie me lo trajo. No pude darle cristiana sepultura.

–¿Cristiana sepultura? –dice con una sorna cruel Elsa Castelli. Quiebra sus labios en una mueca desdeñosa y afirma–: Esa desdichada, como usted le dice, no merecía algo así. Vamos, padre, no sea ridículo: ¡cristiana sepultura para esa idiota!

–Por Dios, ¿qué hizo con ella? –pregunta O'Connor.

–La descuarticé y la quemé en la Caldera –dice Elsa Castelli–. Hay allí un horno devastador, ¿lo sabía? De lo que allí se arroja, apenas si quedan cenizas.

–Usted es un monstruo –dice O'Connor.

Y sale del Escritorio cerrando con violencia la puerta tras de sí. Elsa Castelli se encoge de hombros, enciende un cigarrillo, sonríe, otra vez, con desdén, y dice:

–Ese hombre me odia.

–No te odia –afirma Heriberto Ryan–. Pero no quiere crímenes.

–Tanto no los quiere, que sería capaz de matar a quien los cometiera. Conozco esa raza –dice, enigmáticamente, Elsa Castelli.

–¿Qué estás diciendo? –se sorprende Ryan–. ¿Creés que el padre O'Connor sería capaz de matar?

–¿Conocés a alguien que no lo sea? –pregunta, otra vez enigmática, Elsa Castelli.

Volvamos a Ana. ¿Cómo es su relación con Elsa Castelli? O, mejor aún, ¿cómo es Elsa Castelli con ella? Si con las restantes reclusas he dicho que sólo algo mantenía invariable, y que esto era su crueldad, ¿es también cruel con Ana? Bien, tranquilícese, no. Elsa Castelli es tan cálida con Ana como sólo puede serlo una madre. Es, diré, *maternal* con Ana. Y Ana, secretamente, comprende que su madre ha regresado para ser buena, más buena (aún) de lo que ha sido antes, ya que antes, en verdad, no había sido *demasiado* buena, aunque siempre fue su madre, y esto es lo que, en definitiva, importa para Ana. Espero haber sido claro.

Cierto día, quizá inexplicablemente, quizá no, Ana se enferma. ¿Lo hace para poner a prueba el cariño de Elsa Castelli? ¿Lo hace para saber hasta qué punto Elsa Castelli es *maternal* con ella? Si lo hace para esto, consigue su propósito, porque Elsa Castelli es, en efecto, *maternal* con Ana, es decir, la cuida como sólo una madre podría cuidarla.

La separa, ante todo, de las otras reclusas. La saca del Dormitorio común y la ubica en una habitación para ella, sólo para ella. Alega, para tal medida, que no desea que la enfermedad de Ana se contagie a las restantes, y es la primera vez que Elsa Castelli explica uno de sus actos, puesto que, hasta aquí, ha sido la encarnación brutal de la arbitrariedad. Pero no esta vez. Esta vez se explica. Dice:

–No quiero que Ana contagie a nadie. Tendrá su propia habitación.

Y aquí, por consiguiente, está Ana: en su propia habitación. Si a usted le preocupa saber cuál es su enfermedad, olvídese, pues poco importa. Pongamos eso que se suele llamar un resfrío. O, si usted lo prefiere, una gripe. Nada grave. Esta no es la leve historia del resfrío de Ana. Acontecimientos infinitamente más graves nos aguardan. *Le* aguardan.

Pero, en verdad, Ana *está* resfriada. Tiene fiebre, transpira, a veces, escasamente, estornuda. ¿Creerá usted, ahora, en el espectáculo de la *dulcificación* de Elsa Castelli? Aunque, sobre todo, otra pregunta, que contiene a la anterior, cabe aquí: ¿por qué Elsa Castelli es *dulce* y *maternal* con Ana? Y, abundando, si Ana ha descubierto a su madre en Elsa Castelli, ¿qué ha descubierto Elsa Castelli en nuestra pequeña?*

¿Por qué es *maternal* con ella? ¿Le recuerda, acaso, a una hija que la vida le quitó?

Mire, no es así. Caramba, ¿tengo que explicarlo todo? Elsa Castelli ha decidido ser *maternal* con Ana. Punto. Deberá usted, en consecuencia, creer en el espectáculo de la *dulcificación* de Elsa Castelli. Y, además, ¿si le dijera que sí? ¿Si le dijera que, en efecto, Ana le recuerda a Elsa Castelli una hija que la vida le quitó? Bien, supongamos que se lo he dicho. Pero atención a lo siguiente: Elsa Castelli sólo extremará su dulzura con Ana, pues con las otras reclusas

---

* Casi escribo: "en Ana". Pero "en Ana" se lee "enAna". Y nuestra pequeña es pequeña, pero no enana.

mantendrá invariable lo que siempre ha mantenido invariable, es decir, su crueldad.

Ana, en consecuencia, está donde la *dulzura* de Elsa Castelli la ha cobijado. Está en una habitación luminosa, con un florerito. Guarda, según suele decirse, cama, y lee su edición infantil de *Moby Dick*.

Cierta tardecita (¿le perturba a usted que escriba *tardecita*?), la visita un médico a quien ha llamado Elsa Castelli. Es, en rigor, el médico del Reformatorio, quien, conviene aclararlo, no vive en el Reformatorio, sino en la pequeña ciudad de *Coronel Andrade*, en la que si bien *está* el Reformatorio, no está, digamos, en su centro, sino en su periferia, allí, alejado, *¿solitario?*, en medio, lo diré otra vez, de los vientos de la pampa.

Supongamos que el médico se llama Aníbal Posadas. Supongamos que es joven, que tiene treinta años y que, tal como Felisberto López, tiene un abundoso bigote. Me gustan los personajes con bigote. Sigo. Aquí, pues, está Aníbal Posadas. ¿Qué hace? Apenas lo previsible. Le dice a Ana:

–Decí treinta y tres.

–Treinta y tres –dice Ana.

Aníbal Posadas, entonces, separa su oreja de la espalda de Ana, donde, olvidé mencionarlo, la había colocado –*para auscultarla*– antes de decirle "Decí treinta y tres", y, dirigiéndose a Elsa Castelli, dice:

–Aún tiene algo de catarro.

–Y algo de fiebre –dice, quizá abruptamente, Elsa Castelli.

–¿Cómo lo sabe? –pregunta Aníbal Posadas.

–Recién le puse el termómetro –dice Elsa Castelli.

–Ah –farfulla Aníbal Posadas.

Un breve silencio. Finalmente, el médico dice:

–Sólo una aspirina cada ocho horas. Nada más.

–Buenas tardes –dice, *¿fríamente?*, Elsa Castelli.

Aníbal Posadas inclina con nerviosa levedad su cabeza y sale de la habitación.

Una suave y dulce Elsa Castelli toma una silla, la acerca a la cama en la que serenamente reposa nuestra pequeña y busca su mirada tersa.*

Luego, dice:

–Pedime lo que quieras. Te lo voy a dar.

Ana vacila. ¿Tanto la quiere esa mujer? ¿Tanto, ahora, la quiere su madre? Dice:

–Quiero un Taller de Costura.

–¿Sólo eso? –pregunta Elsa Castelli.

–Es lo único que quiero –dice Ana. E insiste–: un Taller de Costura.

–¿Para qué? –pregunta Elsa Castelli.

Y Ana, muy sencillamente, dice:

–Para hacer mis muñecas.

---

* No sé si lo ha notado usted. Sea como fuere, se lo digo: he dejado de subrayar eso que, al inicio de este relato, denominé *adjetivos de dudoso gusto*. La razón es, para mí, contundente: no los hay. Entre el minimalismo y el folletín, se desliza mi prosa. Toda cortedad es deliberada y precisa. Todo exceso también.

Elsa Castelli se inclina hacia ella, extiende su brazo y le acaricia la cabeza. Sé que usted no puede *ver* lo que le escribo. Pero, ya que este relato habrá de ser filmado, le pido que *vea* el lento movimiento del brazo de Elsa Castelli acercándose a la cabeza de Ana, y que *vea,* también, la mano de Elsa Castelli acariciando los cabellos dóciles de Ana. ¿Lo ha visto? Bien, le diré, ahora, algo de una vez y para siempre, ya que no se lo diré más: *esto volverá a ocurrir.*

Continúo.

–Si eso es lo que querés –dice Elsa Castelli–, lo vas a tener. Vas a tener un hermoso Taller de Costura.

¡Ah, señor Editor! ¡Qué maravilloso rigor narrativo tiene este relato!*

Continúo.

Transcurren dos, o, a lo sumo, tres días. Y Ana mejora. Su catarro desaparece, también su fiebre, y sus estornudos, que ya eran escasos, se tornan más escasos todavía: casi, diré, inexistentes. De modo que Ana le dice a Elsa Castelli:

–Ya estoy bien, señora.

–Decime Elsa –dice Elsa Castelli.

–No, señora –dice Ana–. Le quiero decir como le dicen todas mis compañeras.

–Tus compañeras dicen cosas terribles de mí –dice Elsa Castelli.

---

* Se lo pregunto otra vez: ¿tolera usted mi vanidad?

Ana no responde. Inclina su cabeza y permanece en silencio. Son tan suaves sus rasgos; tan tersa, según ya he escrito, su mirada.

–¿Querés volver? –pregunta Elsa Castelli.

–Sí, señora –dice Ana. Y abunda–: Quiero volver al Dormitorio. Quiero estar con mis compañeras.

–¿Por qué? –pregunta Elsa Castelli.

–Porque soy una de ellas –responde Ana.

Y Elsa Castelli acepta. Comprende, quizá, que su protección, si se torna exagerada, podría perjudicar a Ana; que el odio, conjetura, que las reclusas le tienen podría extenderse a la pequeña, implicándola en un conflicto del que ella, Elsa Castelli, desea ampararla. De modo que le permite el regreso.

Las reclusas reciben con beneplácito a nuestra pequeña. ¿Por qué? Sencillamente porque la quieren. *Todos quieren a Ana.* La quiere Elsa Castelli y la quieren las reclusas. Y, a esta altura del relato, la queremos usted y yo. Usted, porque es su historia la que está leyendo; y yo, porque es su historia la que estoy narrando. En rigor, la que *le* estoy narrando.

Sagaces, no vengativas sino acomodaticias, hambrientas de sobrevivencia, pragmáticas, muchas reclusas quieren a Ana porque quieren utilizarla. Conjeturan que nuestra pequeña podrá frenar la *ira letal* de Elsa Castelli. Conjeturan que, si es su amiga, podrá, por ejemplo, decirle:

–Mis compañeras son buenas, señora. No las castigue más.

–Decíselo –le dicen las reclusas a Ana–. Decíselo.

Y Ana le dice a Elsa Castelli:

–Mis compañeras son buenas, señora. No las castigue más.

–No son buenas –dice Elsa Castelli–. Por algo están aquí.

–Yo también estoy aquí –dice Ana.

–Vos sos distinta –dice Elsa Castelli.

–Decíselo –le dicen las reclusas a Ana–. Decíselo.

Y Ana le dice a Elsa Castelli:

–Mis compañeras son buenas, señora. No las castigue más.

¿Logrará su cometido? ¿Logrará Ana sosegar la *ira letal* de Elsa Castelli?

Las reclusas, en verdad, confían en que tal hecho se produzca. Lo desean fervientemente. Tanto lo desean, que a veces creen que ya se ha producido.

–¿No está más buena? –indagan algunas–. Hace dos días que no castiga a nadie.

Tienen esperanzas.

Quienes no las tienen, quienes no creen en el sosiego de la *ira letal* de Elsa Castelli; quienes, además, no son acomodaticias, ni pragmáticas, ni están hambrientas de sobrevivencia, sino de venganza, son las cuatro conjuradas, es decir, Carmen que es gorda, Rosario que es flaca, Judith que es alta y Natalia que es baja. Para ellas, no hay camino de retorno. Sólo la venganza es posible.

Apenas una semana se toma Elsa Castelli para regalarle a nuestra pequeña su Taller de Costura. Ahí está: es tal como Ana lo había soñado. Ignoro todo lo relativo a estas cuestiones, así que mal podría describirle o siquiera enumerarle lo que ese Taller contiene.

Le bastará a usted saber que contiene todo lo que Ana soñó. Pongamos: una máquina para coser y tejer, telas diversas, tijeras, dedales. En fin, cosas por el estilo.

Ana, feliz.

¿Cómo, aquí, imaginar el amor que siente Ana por Elsa Castelli?

¿Ha llegado esta mujer a su vida para protegerla, para curar sus enfermedades, para realizar sus sueños?

Tal pareciera que sí.

Con frecuencia, Elsa Castelli la visita en su Taller de Costura. Le gusta, dice, verla construir sus muñecas. Y allí permanece. Una, dos y hasta tres horas durante las cuales las reclusas se ven aliviadas de su despotismo. Y Ana no se detiene. Sus manos inquietas, hábiles, dan forma a una princesa, a una bailarina, a un hada, a una aldeana.

Ana no construye muñecos. Para ella, lo masculino evoca la *ausencia* (no ha conocido a su padre) o la *agresividad* (el fugaz fornicador).

Cierta tarde, Elsa Castelli le dice que ha instalado una Sala de Estar. Ana le pregunta qué es una Sala de Estar.

–Un lugar para estar –le dice Elsa Castelli–. Vos tenés tu Taller de Costura. Bueno, ahora yo tengo mi Sala de Estar –y le pregunta–: ¿Querés conocerla?

Ana contesta que sí.

De modo que Elsa Castelli le muestra su Sala de Estar. Nada falta allí: hay revistas, discos y un televisor.

Ana se acerca al televisor, lo mira, lo toca con prudencia, con cautela y suavidad, con temor y fascinación, luego con mayor firmeza, más decidida, pero siempre suavemente, como si lo acariciara. Y pregunta:

–¿Qué es esto?

Sorprendida, Elsa Castelli, a su vez, pregunta:

–¿No sabés?

–Alguna vez lo supe –dice Ana–. Pero lo olvidé.

–Es un televisor –dice Elsa Castelli.

–¿Para qué sirve? –pregunta Ana.

–Para ver el mundo –dice Elsa Castelli–. Apretás un botón... y el mundo es tuyo.

–¿Tanto? –pregunta Ana.

–Tanto –confirma Elsa Castelli. Y añade–: Todo está ahí. Las guerras, los terremotos, los desfiles de modas, los casamientos, las enfermedades, las pestes, los accidentes, los asesinatos, las películas, las series... –vacila. Luego, cautelosamente, dice–: Pero sobre todo...

Se detiene. Ana pregunta:

–¿Sobre todo, qué?

–Las telenovelas –dice Elsa Castelli.

–¿Y qué es eso? –pregunta Ana.

–Una telenovela –define, *¿rigurosamente?*, Elsa Castelli– es una historia en la que sucede todo lo que sucede en la vida.

–No entiendo –dice Ana.

–En la televisión sucede todo, ¿no? Bueno, en una telenovela también, pero en una sola historia –dice Elsa Castelli.

–No entiendo –repite Ana.

–Claro –acepta Elsa Castelli. Y explica–: No lo vas a entender hasta que no veas una.

Algo brilla en los ojos de Ana. Una brizna de ansiedad.

–¿Voy a ver una? –pregunta.

–Sí –responde Elsa Castelli.

–¿Cuándo? –pregunta, siempre con esa brizna de ansiedad, Ana.

Elsa Castelli se le acerca y le acaricia los cabellos *¿dóciles?* Y dice:

–Mañana. Precisamente mañana empieza una. Tenés suerte. Venite a las cuatro de la tarde. ¿Sí?

–¿Por qué a las cuatro de la tarde? –pregunta Ana.

–Ah, pequeña Ana –suspira con mansa comprensión Elsa Castelli. Y explica–: Las telenovelas se ven todos los días. Y siempre a la misma hora.

–A las cuatro de la tarde –dice Ana.

–A esa hora pasan la que vamos a ver juntas –dice Elsa Castelli.

–¿Juntas? –pregunta Ana.

–Desde mañana –dice Elsa Castelli–. Vos y yo. Juntas.

Esa noche (ahora, recordemos, duerme otra vez en el Dormitorio, junto a sus compañeras), Ana demora en conciliar el sueño. ¿Una telenovela? ¿Una historia en la que sucede todo lo que sucede en la vida? ¿Y sabe ella, Ana, lo que sucede en la vida? Escasamente, ya que, si algo sabe Ana, es que nada sabe de lo que sucede en la vida. ¿No será, entonces, como descubrir el mundo mirar una telenovela? ¿No lo será, al menos, para ella, que lo ignora casi todo, que ha crecido en medio del desamparo y la soledad de los Reformatorios?

Se dice: mañana a las cuatro.

Y, en medio de esta expectación, se duerme.

¿Lo he sorprendido o no, señor Editor? ¿Es usted consciente de lo que le estoy ofreciendo? ¡Una novela argentina sin psicoanalistas y con televisión! Como advertirá, si su sagacidad de lector aún se mantiene incólume, si tantas sorpresas no lo han anonadado, mi espacio en eso que, generosamente, llamaré nuestra literatura (y la generosidad es tal porque supone que esa literatura existe, y que no está naciendo con mi texto) es *insoslayable.*

Le narro una historia.

Una historia que, por su fuerza visual, usted *ve* en tanto lee.

Una historia en la que los personajes ven. Miran.

¿Qué miran? Televisión, porque esto es lo que mañana, a las cuatro de la tarde, en la Sala de Estar de Elsa Castelli, mirará Ana.

Así es mi novela.*

---

* ¿No era esto un cuento? ¿No le estaba, yo, narrando un cuento para figurar en su antología de cuentos policiales argentinos?

Ya no es así.

Mi relato se ha transformado en una novela.

¿Por qué? Vea, no perdamos tiempo. Ya llevo escritas demasiadas páginas como para que tal cosa merezca una

Continúo.

Nada imprevisto ocurre hasta el día siguiente a las cuatro de la tarde. Ana se pasea por el patio. Luego lee su edición infantil de *Moby Dick.* Luego almuerza. Luego trabaja en su Taller de Costura. Y luego visita a Elsa Castelli.

–Te esperaba –le dice Elsa Castelli. Toma una silla y la coloca a espaldas de Ana. Dice–: Vení, sentate.

Silenciosa, contenida apenas la respiración ante la inminencia del gran acontecimiento, Ana se sienta.

–¿Estás cómoda? –pregunta Elsa Castelli.

Ana asiente con un movimiento leve, apenas esbozado.

Elsa Castelli hace girar un botón del televisor. Se oye:

¡Click!

La pantalla se ilumina. Se ve a un niño jugando al fútbol. Luego a una mujer que se lava el cabello. Luego un avión. Luego un atardecer. Luego un perro. Luego un pájaro. Luego un soldado.

–¿Eso es el mundo? –pregunta Ana.

–Sí –dice Elsa Castelli–. Es eso.

---

explicación. El salto de la cantidad a la cualidad, ¿recuerda? Sé que la dialéctica no está de moda, pero no siempre es desdeñable. Si uno escribe menos de cincuenta páginas, tiene un cuento. Si escribe más, una novela.

A veces, en temas tan arduos, conviene tomar un atajo. Y yo tengo apuro.

Así, tal como ahora están, una muy cerca de la otra, sentadas, miran la maravillosa pantalla, en la que, súbitamente, aparece un cartel que dice:

TELEVIDA
PRODUCCIONES
PRESENTA

–Ahora, Ana –dice Elsa Castelli–. Mirá. Ya empieza.

Y Ana, mira. Y unas letras mágicas continúan apareciendo en la pantalla.

A
LUISA CASTRO Y OSVALDO MARTÍNEZ
EN

–¡Atención! –exclama Elsa Castelli–. ¡Atención!

Y Ana, aún más, crecientemente, *mira.* Y lee:

COSECHARÁS EL AMOR

Le bastará saber, señor Editor, pues con esto será suficiente, que Ana y Elsa Castelli miran absortas el primer capítulo de la telenovela. ¿Podría haber sido diferente? De modo que no le entregaré mayores precisiones sobre esta cuestión. Alcanzará con decirle que Ana descubre un mundo inimaginado. Infinitamente más real que el de *Moby Dick,* puesto que, en *Moby Dick,* cuando Ana leía *barco, mar, ballena,* sólo lejanamente intuía estas contundencias de la realidad. *Ahora las ve.* Ahora, señor Editor, cuando, en la telenovela, alguien dice "Partiré en el tren de la noche", Ana, sólo un segundo después, inmediatamente, en la secuencia que sigue, ve la noche, ve el tren y ve partir a quien dijo: "Partiré en el tren de la noche".*

¿Qué más *ve* Ana?

Ana ve la historia que narra la telenovela. Historia que, usted disculpará, o no, pues no necesitará disculpar algo que, no lo dudo, comprenderá, historia que, decía, no he de narrarle, pues mi propósito es narrarle la historia de la pequeña Ana y no la historia de la telenovela *Cosecharás el amor.*

Sin embargo, esta historia, la de *Cosecharás el amor,* es parte de la historia de Ana, ya que Ana, apasionadamente, la mira. Se nutre de ella. Y, si usted me permite adelantarle algo (artilugio, éste, el de adelantarle algún elemento de la narración, al que ya he recurrido), le diré: algunas frases que Ana escuchará al mirar *Cosecharás el amor* serán esenciales para su historia. Y, se lo juro, está usted muy lejos de sospechar cuánto.

Así las cosas, durante cinco días, de lunes a viernes, Ana y Elsa Castelli miran los primeros capítulos de *Cosecharás el amor.* La historia transcurre durante los años treinta. Se trata, pues, de una telenovela de época. Una superproducción. Costoso vestuario y deslumbrante escenografía. Luisa Castro es Marisa Albamonte, una joven de escasos veinte años, hija de un terrateniente y Senador de la Nación, hombre poderoso, autoritario.

---

* Glosando lo que cierto director de cine dijo sobre, precisamente, el cine, le diré: las telenovelas son la vida sin las partes tediosas.

Osvaldo Martínez es Claudio Martelli, un médico de veinticinco años, hijo de quien fuera guardaespaldas del Senador, ahora dueño de una próspera ferretería, pero, claro está, hombre de origen humilde, no aristocrático, plebeyo. No era impensable, ni mucho menos, que el conflicto estallara. El Senador se opondrá a que su hija frecuente al, según él, advenedizo Claudio Martelli. Y el propio ferretero también le dirá a su hijo que su empeño es quimérico, imposible, y que, si persiste en él, su vida correrá peligro, pues el Senador es un hombre que acostumbra a acudir a la violencia cuando lo juzga necesario.

Sin embargo, señor Editor, ¿puede la prepotencia o la cautela de los padres impedir el despliegue del amor, de las pasiones juveniles? Marisa Albamonte y Claudio Martelli se aman, y poco les importa lo demás. Cuando se está enamorado –en las telenovelas, al menos–, nada importa salvo el amor. Ni el dinero, ni el poder, ni la prudencia, ni la preservación temerosa de la propia vida. Si algo, en este mundo, vence al miedo, es el amor.

Sospechando que algo así está ocurriendo entre Marisa y Claudio, sospechando que se aman más allá de todo temor, el padre de Marisa, el terrateniente y Senador de la Nación, el doctor Albamonte, decide ordenar la muerte de Claudio. Para ello, convoca a Sebastián Cardozo, un asesino profesional. Y le dice:

–Quiero que mate a Claudio Martelli.

Sagaz, profundo conocedor del alma humana, Sebastián Cardozo dice:

–Si usted quiere matar a Claudio Martelli para evitar que tenga amores con su hija, se equivoca. No lo logrará así.

Sorprendido, el Senador pregunta:

–¿Por qué?

–Porque si matamos a Claudio Martelli –responde Sebastián Cardozo–, lo convertiremos en un mártir. Y su hija jamás dejará de amarlo. Y, para peor, lo odiará a usted, porque, aunque no tenga pruebas, sospechará hasta el fin de sus días que usted lo hizo matar.

El Senador permanece en silencio, meditando largamente las palabras de Sebastián Cardozo. Luego pregunta:

–¿Y qué debo hacer?

Sebastián Cardozo dice:

–Para acabar con este romance que tantos sufrimientos trae para usted, no hay que matar a Claudio Martelli, sino a otra persona.

–¿A quién? –inquiere el Senador.

–A su hija –responde Sebastián Cardozo.

Y aquí termina el capítulo del viernes. Termina, más exactamente, con un primer plano, ¿un *close-up*?, del rostro sorprendido del Senador, que expresa, también, la sorpresa, el estupor de los televidentes.

¿Permitirá el Senador que Sebastián Cardozo mate a Marisa Albamonte? ¿Sucumbirá a la lógica impecable del asesino? ¿Aceptará que no hay otro camino, que de nada servirá matar a Claudio pues tal cosa lo convertiría en un mártir para Marisa, y que, por consiguiente, sólo es posible, para acabar con ese amor maldito, matarla a ella, a Marisa?

Sé lo que está pensando. Se dice usted: prometió no narrarme la historia de *Cosecharás el amor* y me la está narrando. Mire, no es así. Confieso que me gusta narrar y que, por tal condición, con frecuencia me desquicio. Pero no es éste el caso. Sólo le estoy narrando algunas líneas de la telenovela para que usted comprenda cómo y por qué en *Cosecharás el amor* se dicen ciertos textos que serán fundamentales para nuestra, *nuestra,* historia. Este *sub-plot,* en suma, es necesario.

Continúo.

Ana no tiene sosiego durante ese fin de semana. El interrogante que la telenovela ha dejado en su alma, la obsesiona. Nunca le había ocurrido algo así. Solía preguntarse, por ejemplo, al abandonar todas las noches la lectura de *Moby Dick,* ¿encontrará el capitán Ahab a la ballena blanca? Pero sólo esto. Luego se dormía. Ahora, el interrogante de la telenovela no le da sosiego, ni de día ni de noche.

La pregunta "¿Permitirá el Senador que Sebastián Cardozo mate a Marisa Albamonte?" es mucho más poderosa, más angustiante que la pregunta "¿Encontrará el capitán Ahab a la ballena blanca?" Al fin y al cabo, Ana nunca ha visto una ballena blanca. En cambio, a Marisa Albamonte, la ve todos los días, a las cuatro de la tarde, en el televisor de la Sala de Estar de Elsa Castelli.

¿Llegará, alguna vez, el lunes?

Y, como todo lo que depende meramente del transcurrir del tiempo, el lunes llega. Y Ana, junto a Elsa Castelli, se sienta frente al televisor, y el capítulo sexto de *Cosecharás el amor,* comienza.

–Está bien –dice el Senador–, hágalo.

¿Le permite a Sebastián Cardozo asesinar a su hija?

Serénese: las telenovelas, como todas las ficciones, mienten.

Le permite otra cosa.

Veamos.

Cierta noche, Claudio Martelli sale de su consultorio. Comienza a caminar por las calles oscuras. Enciende un cigarrillo. ¿Piensa en Marisa Albamonte? Desde luego. ¿Acaso podría pensar en otra cosa? ¿Acaso no está enamorado?

Entonces, brutalmente, un automóvil sube a la vereda y lo arroja contra la pared, acorralándolo. Los focos iluminan la figura indefensa de Claudio Martelli.

Tres hombres, empuñando revólveres, descienden del automóvil. Uno es Sebastián Cardozo, quien agarra ferozmente de los cabellos a Claudio Martelli y, apoyándole el revólver en la sien derecha, le dice:

–Mirá, infeliz, dejá de andar atrás de Marisa Albamonte.

–Nunca –responde Claudio Martelli–. Tendrá que matarme.

Sebastián Cardozo lanza una carcajada feroz.

–No –dice–. A vos no te va a pasar nada. La vamos a matar a ella, ¿entendés? La vamos a reventar a balazos.

Al día siguiente, Claudio Martelli huye de Buenos Aires.

¿A dónde va? Se refugia en la ciudad de Córdoba, lejos de Buenos Aires: instala un consultorio y ejerce su profesión.

Ha decidido olvidar a Marisa Albamonte. La ama, y sabe que sólo así logrará salvarle la vida.

Sebastián Cardozo le dice al Senador:

–Huyó porque la quiere de verdad –y, con lenta sabiduría, reflexiona–: A veces no hay que matar. A veces alcanza con que los demás sepan que uno está decidido a matar. Y, en este caso, alcanzó con que Claudio Martelli comprendiera que estábamos decididos a hacer lo que para él era impensable. Esto es, matar a Marisa Albamonte, su hija, señor. Huyó para salvarla.

–Usted es un sabio –dice el Senador.

–Apenas un hombre que conoce su oficio –dice Sebastián Cardozo.

¿Todo ha terminado?

Una noche, en su exiguo departamento de la ciudad de Córdoba, acodado a una mesa, frente a una botella de whisky, Claudio Martelli se deja ganar por los más oscuros pensamientos. Su vida, cree, ya no tiene sentido. Para él, amar a Marisa Albamonte es condenarla a morir.

Entonces, ¿lo creerá usted, señor Editor?, alguien golpea la puerta. Tres veces. ¡Toc! ¡Toc! ¡Toc!

Claudio Martelli abre, y allí, ante sus ojos, ante su infinito asombro, está Marisa Albamonte.

–¿Cómo llegó hasta ahí? –pregunta Ana a Elsa Castelli–. ¿Cómo pudo encontrarlo?

–Eso no importa –dice, con su larga experiencia en telenovelas, Elsa Castelli–. Lo encontró, eso es lo que importa.

Claudio Martelli pregunta:

–¿Cómo llegaste hasta aquí? ¿Cómo pudiste encontrarme?

–Eso no importa –dice Marisa Albamonte–. Te encontré, eso es lo que importa.

Y se arroja en los brazos de su amado, y lo besa con pasión.

–Te amo, Claudio –dice–. Te amo tanto.

–Yo también te amo –dice Claudio.

Y entonces, ardorosamente, Marisa dice:

–Hazme tuya, Claudio. Hazme tuya. Hazme el amor. Poséeme. Poséeme.

Se besan una y otra vez, incansablemente.

–¿Qué hacen? –pregunta Ana.

–Se besan –dice Elsa Castelli. Y añade una frase decisiva–: Las parejas, antes de hacer el amor, siempre se besan.

Ana escucha la frase y escasamente entiende su significado. En verdad, *muy* escasamente. Ve, allí, frente a ella, en el televisor, los labios de Claudio y Marisa, buscándose; ve los labios abiertos de Claudio y Marisa. Esto, Ana, lo ve. Pero es muy poco lo que entiende.

Se dice eso que Elsa Castelli le ha dicho: se besan. Se dice: las parejas, antes de hacer el amor, siempre se besan.

Pero se pregunta: ¿qué es hacer el amor? Y nada le pregunta a Elsa Castelli: quizá porque teme preguntarle tantas cosas, quizá porque teme la respuesta.

La pantalla se oscurece sobre la imagen de Claudio y Marisa, besándose. ¿Todo ha terminado? No. La imagen retorna. Allí están, otra vez, Claudio y Marisa. Pero ya no se besan. Ahora están en un bar, sentados a una mesa pequeña, que, en consecuencia, apenas los separa. Y afuera llueve. Y la imagen es gris, melancólica. Claudio enciende dos cigarrillos y le alcanza uno a Marisa. Luego dice:

–Si nos descubren, nos matarán.

–No importa –dice ella–. Si nos matan, reviviremos. El amor es más poderoso que la muerte.

Claudio sonríe. Le toma las manos y se las acaricia. Ella también sonríe. Sonríe y dice una frase quizá enigmática, pero ilimitada. Digamos: absolutamente telenovelesca. Dice:

–Sólo el amor puede revivir a los muertos.

Claudio la mira con fijeza, y cierta incredulidad se dibuja en sus ojos. Al fin y al cabo, no lo olvidemos, pese a estar enamorado, pese a ser un personaje de telenovela, es, todavía, un médico, un hombre de ciencia, un hombre que ha visto, estudiándolos, muchos cadáveres, y poco proclive, por consiguiente, a creer que existe algo capaz de revivirlos. Así, entonces, pregunta a Marisa:

–¿Tanto crees en el amor? ¿Tan fuerte es para ti?

Con honda convicción, Marisa afirma:

–El amor es tan fuerte que puede revivir a los muertos.

Y la imagen se diluye, y Claudio y Marisa permanecen allí, en la mesa de ese bar, frente a frente, mirándose, acariciándose las manos. Y afuera llueve. Y se aman, Claudio y Marisa, tanto, que ya no encuentran palabras para expresarlo, y, sobre todo, no las necesitan.

Corte.

¿Quién aparece ahora? Ah, señor Editor, no sé si usted lo sabe, pero las telenovelas utilizan, tal como Sarmiento en el *Facundo,* la técnica romántica del contraste. De modo que luego de habernos mostrado la infinitud del amor en Claudio y Marisa, veremos la infinitud de la maldad en el Senador y en Sebastián Cardozo.

En efecto:

El Senador enciende un imponente, abusivo cigarro. Y dice:

–La perversa ha huido con él. Ya no es mi hija.

–Todo se ha simplificado ahora –dice Sebastián Cardozo–. La torpeza de ellos nos obliga a dejar de lado toda sutileza.

–Explíquese –dice el Senador.

–Al aceptarla, al no obligarla a volver a Buenos Aires, al no apartarla de su lado, ha sido Claudio Martelli, y no nosotros, quien condenó a muerte a Marisa Albamonte, su hija, señor.

El Senador lanza una densa humareda de su abusivo cigarro. Dice:

–Mátelos. No sólo él no merece vivir. Tampoco ella, porque, al buscarlo, se buscó la muerte.

Sebastián Cardozo, con maléfico placer, sonríe y dice:

–Su orden será cumplida, señor –hace una breve pausa. Y luego, con acento definitivo, afirma–: Morirán.

Y el capıtulo termina.

Imagine usted la angustia de Ana. Sebastián Cardozo ha dicho: *morirán*. Y lo ha dicho con tanta convicción como Marisa Albamonte dijo "El amor es más poderoso que la muerte", como Marisa Albamonte dijo "Sólo el amor puede revivir a los muertos". Frases que, en rigor, debieran sosegar a Ana, porque dicen algo que Sebastián Cardozo ignora, y es que *nada* puede acabar con el amor, ni siquiera la muerte. Pero Ana, pobre pequeña, no quiere que Claudio Martelli y Marisa Albamonte mueran. Y quizá no lo quiere por una simple y poderosa razón: no quiere que la telenovela termine, pues sospecha, atinadamente, que si Claudio Martelli y Marisa Albamonte mueren, ya no habrá historia, ya no habrá amor, ya no habrá telenovela.

–¿Los van a matar? –le pregunta, con voz trémula, a Elsa Castelli.

–No lo sé –responde Elsa Castelli–. Lo vamos a saber mañana. Creo.

–¿No está segura? –pregunta Ana.

–No –responde Elsa Castelli–. Sebastián Cardozo tiene que viajar a Córdoba. Tiene que buscarlos. Tiene que encontrarlos.

–Y si los encuentra, ¿los va a matar? –pregunta, siempre con voz trémula, Ana.

Elsa Castelli, ya sin respuestas, mueve con pesar su cabeza. Y dice:

–No lo sé, Ana. Hay que esperar. Las telenovelas son así.

–Pero Sebastián Cardozo los va a encontrar –argumenta Ana–. Cuando Marisa quiso encontrar a Claudio, lo encontró enseguida. ¿Cómo no los va a encontrar Sebastián Cardozo?

–Es distinto –razona Elsa Castelli–. A Marisa la guiaba el amor. A Sebastián Cardozo, sólo su instinto de asesino.

Una luz de esperanza surge en los ojos de Ana. Dice:

–Entonces... no los va a encontrar.

–No lo sé, Ana –dice, nuevamente, Elsa Castelli–. No te puedo asegurar nada.

Esa noche, Ana no puede dormir. ¿Habría podido ocurrir otra cosa?

Permanece boca arriba, tiesa, mirando una luna amarilla y redonda que asoma detrás del ventanal. Teje y desteje una y mil conjeturas. Tal es su angustia, que, en cierto momento, llega a pensar que todo sería mejor –la vida, digamos– si no existieran las telenovelas. Pero luego se arrepiente y se dice que nada ha sido tan maravilloso en su vida como conocer a Claudio Martelli y Marisa Albamonte. Salvo, desde luego, conocer a Elsa Castelli. Pero, ¿acaso no son lo mismo?

Ana, en verdad, ha identificado a Elsa Castelli con la telenovela, con *Cosecharás el amor.* Sin saberlo claramente, lo que teme es que todo termine: las reuniones en la Sala de Estar, la televisión, las vidas de Claudio y Marisa.

¿Matará Sebastián Cardozo a Claudio y Marisa? Para hacerlo, primero tiene que encontrarlos. ¿Los encontrará? Marisa encontró fácilmente a Claudio. ¿Tendrá tanta suerte Sebastián Cardozo? Elsa Castelli dijo (¿lo dijo?) que era menos probable, porque a Sebastián Cardozo sólo lo guiaba su instinto de asesino, en tanto que a Marisa la había guiado el amor. Pero, luego, cuando Ana le dijo: "Entonces... no los va a encontrar", Elsa Castelli dijo una frase que, ahora, al recordarla, llena de angustia a Ana, porque Elsa Castelli dijo: "No te puedo asegurar nada". En consecuencia, Ana no puede dormir. Y, con el transcurso de las horas, esta incerteza ("No te puedo asegurar nada") se transforma en terror. De modo que Ana está aterrorizada. Y tanto, que decide ir en busca de Elsa Castelli, pues, piensa, sólo ella podrá ayudarla, sonreírle, acariciarle los cabellos, sosegarla, asegurarle algo, pese a lo que dijo, algo, porque, en realidad, si Ana va en busca de Elsa Castelli, no es para que Elsa Castelli le diga: "No te puedo asegurar nada", sino para que le diga otra cosa, una frase que la calme, que le abra un horizonte, una, por decirlo así, utopía.

Sigilosa, desplazándose con la levedad que su cuerpo leve le permite, vistiendo un camisón largo y blanco, Ana sale del Dormitorio. ¿Alguien la ve? Nadie. Las reclusas duermen profundamente. ¿La ve algún celador? Tampoco. Los celadores también duermen.

Y si usted, aquí, se pregunta cómo es posible que *todos* los celadores duerman, le diré: el Orden que ha impuesto Elsa Castelli, el Orden del terror, el Orden de los camposantos, ha sido tan absoluto, que ya casi no es precisa vigilancia alguna. Cada reclusa sabe –y lo ha aprendido en la modalidad del terror– que toda indisciplina, toda altisonancia, todo desmadre, puede costarle la vida.

Así, Ana llega a la Sala de Estar de Elsa Castelli. ¿Estará allí? ¿No sería esto lo más razonable, que estuviera allí, en la Sala de Estar? De modo que Ana, con mucha cautela, abre la puerta. Sombras dentro y nada más. Sin poder evitarlo (¿acaso hubiera podido?), mira el televisor. La pantalla está oscura. Allí, piensa, está todo. Allí están Claudio Martelli y Marisa Albamonte, el amor. Y allí están el Senador y Sebastián Cardozo, el odio y la muerte. ¿Qué hacen ahora? ¿Duermen, quizá? Con tanta cautela como la abrió, cierra la puerta.

Prosigue, Ana, su marcha nocturnal. Va en busca de la habitación de Elsa Castelli. Se dice: estará durmiendo. ¿No sería, esto sí, lo *más* razonable, que no estuviera en la Sala de Estar, leyendo o mirando televisión, sino durmiendo, como duermen todos, a esa hora de la noche, en el Reformatorio? Se dice Ana: sí. Y prosigue su marcha nocturnal.

¿Recuerda usted nuestra gran escena inicial desquiciadora? ¿Recuerda que Ana, en mitad de la noche, se levantaba de su cama porque oía unos extraños quejidos?

Bien: prepárese.

Ana, otra vez, oye unos extraños quejidos.

¿De dónde provienen? Paralizada, a nada atina durante un par de minutos. Un sudor frío recorre su espalda. No lo puede creer: otra vez esos quejidos.

Ya no tiene dudas: provienen del Escritorio de Heriberto Ryan. Hacia allí, siempre con la levedad de su cuerpo leve, se dirige. Los quejidos van en aumento. O, probablemente, son cada vez más cercanos.

Ana se detiene ante la puerta del Escritorio. Una luz más amarilla que blanca, digamos, amarillenta, se desliza sobre el piso, surgiendo debajo de la puerta.

Ana mira a través de la cerradura. Pero es muy poco lo que ve. Sólo algunas fragmentarias turbulencias. Una pollera, un muslo, un pantalón, una mano, otra.

¿Quiénes son? ¿Qué hacen?

Ana, aún con mayor cautela de la que tuvo para abrir y cerrar la puerta de la Sala de Estar de Elsa Castelli, abre la puerta del Escritorio de Heriberto Ryan.

Y mira a través de la rendija.

¿Qué ve?

Podría decirle: nada nuevo. O, también, podría decirle: Ana ve algo que ya ha visto en el pasado, algo que ya ha visto en la terrible noche de nuestra gran escena inicial desquiciadora. Ve a un hombre agitándose sobre una mujer. Ve a una mujer abrazando a un hombre y emitiendo extraños quejidos; indescifrables, al menos, para ella, para Ana.

Son Heriberto Ryan y Elsa Castelli, quienes fornican (si usted me permite acudir nuevamente a esta palabra fuerte, bíblica, precisa) sobre la mesa-escritorio de, precisamente, Heriberto Ryan, y lo hacen, fornican, con tanta irrefrenable pasión como lo hacían la madre de Ana y el fugaz fornicador sobre la mesa de la cocina; de aquella cocina, recordemos, trágica.

¿Será ésta otra noche trágica?

Los cabellos de Elsa Castelli ya no están sujetos por el breve, austero rodete, sino que caen, torrenciales, sobre la mesa. Ni ella ni Heriberto Ryan están desnudos; sus ropas, que pujan por quitarse uno al otro, están alborotadas por la pasión.

Ana, mira.

Las manos de los amantes son ávidas, inquietas. Sus bocas se buscan una y otra vez. De pronto, con una voz ronca, entrecortada, Elsa Castelli dice:

–Sí... Hazme tuya... Poséeme... Poséeme...

Ana no lo puede creer: son las palabras que Marisa Albamonte le dijera a Claudio Martelli en el departamento de la ciudad de Córdoba.

La acosa un extraño sentimiento: el de estar mirando algo que no debe ser visto, porque, luego que Marisa le dijera a Claudio *Hazme tuya* y *Poséeme,* la pantalla se había oscurecido. Conjetura, entonces, que, tanto en la vida como en las telenovelas, hay un momento en el que ya no se debe mirar. Así, cierra la puerta como si oscureciera la pantalla. La cierra como si apagara el televisor.

Se preguntará usted (¿no se pregunta usted demasiadas cosas?): ¿por qué Ana, en esta escena, reacciona de tan distinto modo a como reaccionó en la gran escena inicial desquiciadora?

Primero: porque Heriberto Ryan no es un desconocido como lo era el fugaz fornicador. Heriberto Ryan pertenece a ese lugar, es el Director del Reformatorio: antes de que Ana llegara, él ya estaba allí.

Segundo: porque Elsa Castelli dijo las palabras de Marisa Albamonte, y Ana sabe (lo ha aprendido viendo la telenovela) que esas son las palabras del amor.

Tercero: porque sí.

Regresa al Dormitorio y se mete en la cama. Son otras las preguntas que ahora le quitan el sueño. Ya no se pregunta: ¿matará Sebastián Cardozo a Claudio Martelli y Marisa Albamonte? Ahora se pregunta: ¿qué hacían Elsa Castelli y Heriberto Ryan? ¿Por qué un hombre se sube sobre una mujer y la mujer lo recibe abriendo las piernas? ¿Qué quiere decir "Hazme tuya"? ¿Qué significa "Poséeme"?

Interrogantes que no tienen respuesta para ella, y en medio de los cuales consigue, finalmente, pese a todo, dormirse.*

Al día siguiente, a las tres de la tarde, Ana llega a la Sala de Estar de Elsa Castelli.

–¿Tan temprano por aquí? –pregunta Elsa Castelli.

Ana le dice que necesitaba verla, que ya no podía esperar más, que tiene algo que contarle.

–Bueno –dice Elsa Castelli–, te escucho.

–Anoche la busqué –dice Ana–. A usted.

–¿Por qué? –pregunta Elsa Castelli.

–Porque no podía dormir –dice Ana. Y prosigue–: Pensaba en Sebastián Cardozo. Me preguntaba si mataría o no a Claudio y Marisa.

–Hoy lo vamos a saber –dice Elsa Castelli.

–Yo quería saberlo anoche –dice Ana–. Por eso la busqué.

–¿Y me encontraste? –pregunta Elsa Castelli.

–Sí. La encontré con el doctor Ryan –dice Ana.

---

* A medida que se suman las páginas y las peripecias se fortalece mi certeza de estar narrándole una novela y no un cuento. ¿Dónde, pues, ha quedado mi ambición de ser incluido en su prestigiosa antología de cuentos policiales argentinos?

Se lo diré: ya no tengo esa ambición. Tengo otras.

Brevemente: no me interesa su antología. No quiero compartir espacios con nadie. Quiero un libro para mí solo. Un libro para mi novela. ¿Está claro?

Elsa Castelli mira con fijeza los ojos claros de la pequeña. (¿Le he dicho que los ojos de Ana son claros? ¿Le he dicho de qué color es su cabello?) Y pregunta:

–¿Y qué hiciste?

Ana se encoge de hombros, entre avergonzada y temerosa.

–Me fui –dice.

–¿Y qué alcanzaste a ver? –pregunta Elsa Castelli.

–El doctor Ryan se subía sobre usted –dice Ana–. Y usted se quejaba.

–No me quejaba –dice Elsa Castelli.

–¿Sufría? –pregunta Ana.

Elsa Castelli sonríe y le acaricia los cabellos. Dice:

–No, pequeña. No sufría –y pregunta–: ¿Viste algo más?

–Nada más –dice Ana–. Volví al Dormitorio –vacila y luego añade–: No entiendo eso. No entiendo qué hacían usted y el doctor Ryan.

–Hacíamos el amor –dice, con dulzura, Elsa Castelli. Y prosigue–: Me poseía. Me hacía suya.

Y Ana dice:

–Usted se lo pedía.

–¿Cómo lo sabés? –pregunta Elsa Castelli.

–Usted le dijo: "Hazme tuya". Le dijo: "Poséeme" –dice Ana.

–¿Eso dije? –pregunta Elsa Castelli–. ¿Así?

–Así –responde Ana–. Como Marisa a Claudio.

Elsa Castelli sonríe. Y dice:

–Será porque siempre quise ser actriz de telenovelas.

Y vuelve a acariciar los cabellos rubios de Ana. (Ya está: los cabellos de Ana son rubios.) Y Ana pregunta:

–¿Es lindo eso?

–¿Hacer el amor? –pregunta, a su vez, Elsa Castelli.

–Sí –dice Ana.

–Ana, querida –suspira Elsa Castelli. Y pregunta–: ¿Olvidaste lo que dijo Marisa Albamonte? –y dice–: El amor es más poderoso que la muerte. Es así, pequeña. Algún día lo vas a descubrir. Sólo el amor puede revivir a los muertos.

–También Marisa dijo eso –dice Ana.

–¿No ves? Se me mezclan sus palabras –dice Elsa Castelli. Y agrega–: Ah, pequeña Ana, qué buena actriz hubiera sido yo.

Y el recuerdo de su frustrado destino de actriz convoca otro recuerdo más inmediato, inminente, para Elsa Castelli: recuerda que ya son casi las cuatro y que está por empezar el nuevo capítulo de *Cosecharás el amor.* De modo que gira la perilla del televisor

¡Click!

y la pantalla entrega, con esa renovada y cotidiana magia, sus imágenes.

Ana y Elsa Castelli miran la telenovela.

Supongo que no se preguntará usted (según es afecto a preguntarse tantas cosas) si Sebastián Cardozo encuentra y asesina a Claudio Martelli y Marisa

Albamonte, porque tal suceso es absolutamente insustancial. Lo es, quiero decir, para nosotros.

Seré, una vez más, claro: de *Cosecharás el amor* le he narrado aquello que será esencial para nuestra historia. El resto importa poco. Conjeturo, sí, que Sebastián Cardozo encontrará a Claudio y Marisa. Y quizá los mate, quizá no. Pero tengamos algo por cierto, ya que la lógica de las telenovelas es inexorable, de aquí su eficacia: muertos o vivos, en este o en el otro mundo, Claudio y Marisa seguirán unidos, seguirán amándose. De modo que podemos dejarlos librados a su indestructible destino. Todo sufrimiento alumbrará la alegría. Todo dolor el placer. Toda agonía el éxtasis.

Transcurren algunos días. Todo sigue igual. La temerosa disciplina de las reclusas. La serenidad ya casi abúlica, rutinaria de los celadores. Los declinantes, ¿pronto inexistentes?, excesos de Elsa Castelli. Los infatigables esmeros de Ana en su Taller de Costura. La telenovela de las cuatro de la tarde, con las vidas azarosas de Claudio y Marisa, azares a los que Ana (¿lo creerá usted, señor Editor?) ya comienza a acostumbrarse.

Todo sigue igual.

Hasta que:

Cierta noche, una figura se desplaza sigilosamente por los oscuros pasillos del Reformatorio. Todos (o casi todos, ya veremos) duermen. ¿Quién camina entre las sombras? ¿Otra vez nuestra pequeña?

No. Es Carmen, que es gorda, una de las cuatro conjuradas, una de las cuatro reclusas que han tramado el mortífero complot contra Elsa Castelli.* Brillan sus ojos decididos en la noche quieta y brilla, también, un enorme cuchillo que sostiene en su diestra.

Se detiene al llegar a la puerta de la habitación de Elsa Castelli. ¿Vacila? No. En mi historia, señor Editor, los personajes que van a matar no vacilan. Si vacilaran, vacilaría la historia, porque el crimen es su dinámica.

Abre la puerta y entra. Una luz escuálida se desliza por la ventana y se deposita mansamente sobre el rostro de Elsa Castelli, quien duerme con placidez, sosegada por la certeza de haber ahogado toda posible rebelión en las reclusas, todo odio, toda venganza. Falsa certeza, en verdad. Porque si toda rebelión, todo odio, toda venganza hubiesen sido sosegadas, ¿qué hace aquí Carmen, que es gorda, con el cuchillo en alto, lista para descargarlo sobre el cuerpo sereno que yace sobre la cama?

---

* Leo sobre la palabra *complot* en un diccionario español. Dice: confabulación, conjura, trama.

Leo sobre la palabra *plot* en un diccionario inglés. Dice: esquema o plan, conspiración, trama.

Mi *plot* es un *complot*.

Me he conjurado contra usted. Mi literatura es una conspiración. Si escribo para que usted me lea es porque quiero someterlo. Deslumbrarlo con mi ingenio. Obligarlo, en suma, a publicar mi novela. Hecho que usted realizará entre el placer y la vanidad (la suya esta vez, no la mía) de haber descubierto a un auténtico escritor. Y yo habré triunfado.

Los rostros de la realidad son infinitos. Y ni siquiera el terror puede dominarlos a todos. Así lo creyó Elsa Castelli, y está por pagar muy caro su desatino.

Carmen descarga su diestra mortalmente armada sobre el cuerpo de Elsa Castelli. Una, dos, tres veces. Elsa Castelli abre sus ojos e intenta gritar, pero la sangre escapa a borbotones de su boca, ahogándola. Las sábanas y la colcha se tiñen con esa sangre, que es muy espesa y muy roja. Y Carmen, aún, levanta su brazo y vuelve a descargarlo otra vez, y otra, y otra.

En ese instante, en el Dormitorio, impulsada por una certeza inexplicable pero real, contundente, Ana da un respingo en su cama, y se yergue con los ojos muy abiertos y el rostro cubierto por un sudor frío y brilloso. Lo sabe: algo terrible acaba de ocurrir.

Las otras tres conjuradas, obedeciendo a una seña que Carmen les hiciera desde la puerta, entran ahora en la habitación de Elsa Castelli. Y miran desdeñosamente el cadáver.

Carmen dice:

–Fue fácil.

Rosario, que es flaca, dice:

–No era tan temible como parecía.

Judith, que es alta, dice:

–Fue lo bastante temible como para matar a Sara Fernández.

Natalia, que es baja, dice:

–Y como para azotar y martirizar a tantas compañeras.

–No perdamos tiempo –dice Carmen–. Llevémosla.

–Vos y yo –dice Rosario.

–De acuerdo –dice Carmen.

Rosario agarra el cadáver de las piernas y Carmen de los brazos y lo levantan y lo sacan de la habitación.

Ahora, a través de los pasillos laberínticos del Reformatorio, se desplazan en total silencio. ¿A dónde van? ¿Al Sótano de la Venganza?

No, la venganza ya ha sido perpetrada. Sólo resta completarla. Así, con este propósito, llegan a la Caldera. Hay una mesa. Sobre ella depositan el cadáver.

He aquí el cuadro: sobre la mesa, el cadáver de Elsa Castelli, con los brazos abiertos y también las piernas y también los ojos, con una expresión de asombro y dolor; alrededor de la mesa, las conjuradas, Carmen que es gorda, Rosario que es flaca, Judith que es alta y Natalia que es baja.

Carmen, con una voz ronca, inapelable y final, dice:

–Traigan el hacha.

Rosario se aleja con unos pasos silentes y ágiles. De entre unas bolsas de carbón extrae un hacha. Tiene un largo mango de madera y un filo impiadoso. Sólo una lámpara, que cuelga del techo sujeta por un cable exangüe, ilumina el lugar.

–Empiezo yo –dice Carmen.

Rosario le alcanza el hacha. Carmen, con fiereza, con tanta fuerza que los nudillos se le tornan blancos, la agarra.

Casi reflexiva, dice:

–Se había sosegado durante los últimos días. Era menos cruel. Pero ya era tarde. Ya había sido demasiado cruel. Ya no podíamos perdonarla.

Rosario, también reflexiva, dice:

–Además, ¿cómo creerle? ¿Quién podía asegurarnos que había cambiado?

–Nadie –dice Judith.

–Entonces... ¿cómo vivir con el miedo del retorno de su crueldad? –es la pregunta ineludible de Natalia.

Hay un denso silencio. Las conjuradas se miran. Carmen sostiene el hacha entre sus manos fuertes. Dice:

–Yo, la cabeza.

–Yo, los brazos –dice Rosario.

–Yo, las manos –dice Judith.

–Yo, las piernas –dice Natalia.

Y, sin más trámite, Carmen eleva el hacha y luego la descarga sobre el cuello de Elsa Castelli, decapitándola.

Bien, me detengo.

No quiero asustarlo.

Podría haber escrito: "Un chorro de sangre brota de la garganta de Elsa Castelli y mancha las manos y el delantal de Carmen, quien dice: 'Tiene en las venas más sangre que veneno esta hija de puta'". Pero no. Me resisto a detallarle los pormenores de este descuartizamiento.

Le bastará con saber que Carmen, una vez cometida su tarea, cede el hacha a Rosario, quien corta los brazos de Elsa Castelli. Y que Rosario cede el hacha a Judith, quien corta las manos. Y que Judith cede el hacha a Natalia, quien corta las piernas. Y que, por fin, Carmen reclama el hacha una vez más y argumenta que desea cortarle, siempre a Elsa Castelli, claro, los pies, y que, en efecto, así lo hace, porque alza y descarga el hacha, seccionándoselos.*

¿Sería exagerado escribir "un río de sangre se desliza desde la mesa hasta el piso, inundándolo"? Es posible. Sería, según suele decirse, cargar las tintas. Pero, ¿cómo evitarlo cuando, en verdad, el cuerpo de Elsa Castelli estaba cargado de tinta, o, más precisamente, de sangre? ¿Cómo evitarlo cuando, ahora, ante la mirada atónita de las cuatro conjuradas-descuartizadoras, los trozos aún palpitantes de Elsa Castelli literalmente

---

* ¿Qué lectura tiene todo esto? Me obsesiona, se lo juro, la idea de encontrarle a este relato un sentido trascendente.

¿Lo tiene?

Busquemos.

¿Qué significa el descuartizamiento de Elsa Castelli? ¿Expresa la desagregación del Saber en el final del siglo XX? ¿Expresa el desmembramiento de las repúblicas soviéticas? ¿Expresa la exaltación de lo fragmentario en el pensamiento posmoderno? ¿Expresa la muerte de las ideologías, la muerte de la totalidad?

Hegel decía: lo verdadero es el todo.

Las reclusas dicen: lo verdadero es lo fragmentario.

Y descuartizan a Elsa Castelli.

Por ahí, creo, va la cosa. Piénselo.

flotan sobre un dilatado charco de sangre? ¿Cómo evitar, entonces, escribir lo que Carmen dijo?

Carmen dijo:

–Tiene en las venas más sangre que veneno esta hija de puta.

Y Judith se encoge de hombros, indiferente ya, y guarda el hacha entre las bolsas de carbón, y dice:

–Abran el horno.

Todas lo saben: en ese horno quemó Elsa Castelli el cadáver de Sara Fernández. Prolijamente, le han reservado el mismo destino.

Prolijamente, también, recogen los pedazos de Elsa Castelli: una pierna, otra, un brazo, otro, un pie, otro, una mano, la cabeza. Y abren el horno, y un resplandor rojizo les arde en el rostro, y comienzan a arrojar, allí dentro, los pedazos. Y luego, una vez concluida esta tarea, por decirlo así, macabra, cierran el horno, se miran unas a otras, no pronuncian palabra alguna, y salen de la Caldera rumbo al Dormitorio.

–Tengo sueño –dice Carmen. Y bosteza.

La venganza ha sido perpetrada.

¿Todo ha concluido?

No.

Una puerta lateral, pequeña, inadvertible, se abre pesarosamente, emitiendo un quejido prolongado, casi humano. Y aparece Ana, acostumbrada ya a ver espectáculos sorprendentes por las rendijas de las puertas.

Sigilosa pero veloz, sabiendo que no tiene tiempo que perder, que el fuego del horno es devastador, y que en pocos minutos no quedarán allí ni los huesos de la descuartizada, se apodera de una bolsa (hay, allí, supongamos, ¿por qué no?, varias bolsas vacías), corre hacia el horno, lo abre y extrae la cabeza de Elsa Castelli. La cubre con la bolsa y, fugaz, se escabulle, escapa con su extraño cargamento, y ya no la vemos.

Lo sé.

Usted se está preguntando: ¿cómo hizo Ana para extraer del horno la cabeza de Elsa Castelli? ¿No se quemó? ¿No se quemó las manos, la cara?

Veamos. ¿Y si usó un rastrillo? ¿Una escoba? ¿La mismísima hacha con que las reclusas fragmentaron a Elsa Castelli?

Sólo algo importa. Ana extrajo del horno esa cabeza. Y, con ella, ha desaparecido.

De este modo, he concluido de narrarle la secuencia del asesinato y descuartizamiento de Elsa Castelli.

Implacable, mi novela avanza.*

---

* Ya hemos acordado que este relato no es un cuento, sino una novela. Se nos presenta, aquí, la siguiente cuestión: si el cuento que encaré al comienzo de estas páginas estaba destinado a una antología de cuentos policiales, ¿se ha transformado (al transformarse en una novela) en una novela policial?

Para formularlo claramente: ¿es mi novela una novela policial?

Sí y no.

Mi novela es un ejercicio de cruce de géneros. Es una novela policial. Una novela de cárcel de mujeres. Una novela de crímenes. Una telenovela. Una novela de terror. Una novela gótica. Una novela para niños. Y, muy especialmente, para niñas. Porque es una novela de muñecas.

Durante las primeras horas de la mañana siguiente, muy temprano, cuando aún es fría y neblinosa la luz que penetra a través de los grandes ventanales (¿le dije que el Reformatorio –que fue, según sabemos, un gran hotel– tiene grandes ventanales?), una encargada de limpieza, de nombre, pongamos, Liliana, se detiene, entre asombrada y temerosa, ante la habitación de Elsa Castelli. ¿Qué ha visto? Nada que pueda aterciopelarle los nervios. De allí, debajo de la puerta de la habitación, surgen, como si dibujaran la garra de algún pájaro letal, cuatro espesas líneas de sangre, cuatro ríos rojos, ya no fluyentes, sino coagulados.

Liliana corre en busca de Heriberto Ryan y le comunica su descubrimiento. Heriberto Ryan toma su chaqueta, que había colgado en uno de los cuernos de la cabeza de ciervo que hay en su Escritorio, se la pone y se lanza a caminar velozmente en busca de la habitación de Elsa Castelli. Llega y, sin vacilar, abre la puerta.

La cama está revuelta y cubierta de sangre.

–¡Qué horror! –exclama Liliana.

–Llamen al doctor Posadas –ordena Ryan.

Liliana parte en cumplimiento de tal cometido. Ryan, sereno, decidido a enfrentar lo que ya presiente, es decir, lo peor, observa la sangre sobre el piso y advierte que, prolongando los cuatro ríos rojos, más allá, también hay sangre, aunque no ya líneas espesas, sino gotas, y que esas gotas marcan un camino, un itinerario de muerte.

Aparecen dos celadores, cuyos nombres son, pongamos, Luis y Alberto.

–¿Qué pasó, doctor Ryan? –pregunta Luis.

–Síganme –dice, lacónico, Ryan.

Y parten tras el rastro de las gotas de sangre. Así, no demoran en llegar a la Caldera. O quizá sí: algo demoran. Pero ya están aquí.

El lugar, lo sabemos, está *¿ominosamente?* cubierto de sangre.

–Dios mío –dice Ryan–, cuánta sangre.

Uno de los celadores –¿Alberto?– dice:

–Mire eso, doctor.

Y señala la mesa.

Ryan mira. Y la mirada se le nubla, y cree que ya se desmaya, que se derrumba ante semejante horror. Pero no. Se rehace y vuelve a mirar.

¿Qué ve?

Sobre la mesa hay una mano.*

---

* No le miento en mi ficción. Quizá toda ella es una mentira. Pero, internamente, la lógica del universo que he construido es inflexible.

Cuando le narré cómo las conjuradas recogían los pedazos de Elsa Castelli para arrojarlos al horno, escribí: "Prolijamente, también, recogen los pedazos de Elsa Castelli: una pierna, otra, un brazo, otro, un pie, otro, una mano, la cabeza". No escribí: "una mano, otra". Y si no lo escribí fue porque ya, ahí, le informé lo que ahora descubre Heriberto Ryan: las conjuradas han olvidado una mano de Elsa Castelli sobre la mesa.

Luis y Alberto, al unísono, sin creer aún en lo que ven, dicen:

–Una mano.

Repuesto, Ryan dice:

–Sí, una mano.

La mano está rígida, ensangrentada, semeja una gran araña quieta, allí, sobre la mesa.

–Abran el horno –ordena Ryan.

Luis y Alberto abren el horno. Sólo hay cenizas.

–Si la arrojaron allí, ya nada queda –dice Ryan.

Aparece Liliana y dice:

–Llegó el doctor Posadas.

Aparece el doctor Aníbal Posadas, con su bigote. Ryan, incrédulo, lo mira y pregunta:

–¿Cómo llegó tan rápido?

–Es mi día de visita –dice Posadas–. Acababa de llegar.

–Venga –dice Ryan–, mire esto.

Aníbal Posadas se acerca a la mesa y mira la mano.

–Es una mano –dice.

–Han descuartizado a Elsa Castelli –afirma, algo dramáticamente, Ryan.

–¿Cómo lo sabe? –pregunta Posadas.

–Esa mano... es *su* mano –dice Ryan.

–¿Cómo lo sabe? –pregunta, otra vez, Posadas.

–Fíjese en el dedo anular –dice Ryan–. Tiene un anillo.

Posadas, con esa familiaridad que los médicos tienen con lo repugnante, toma la mano y la analiza.

–Así es –confirma–. Tiene un anillo.

–Y el anillo... ¿no tiene unas iniciales? –pregunta Ryan.

Posadas observa el anillo. Hay allí, en efecto, unas iniciales.

E.C.

–Sí –afirma Posadas–, son las iniciales de Elsa Castelli –mira a Ryan y pregunta–: ¿Cómo lo sabía?

Algo turbado, Ryan responde:

–Soy muy observador –y luego, con mayor firmeza, dice–: Tenga cuidado, doctor. Sería lamentable que esa mano se le cayera. Es lo único que nos queda de ella.

–Quédese tranquilo –dice Posadas. Y vuelve a colocar la mano sobre la mesa. Y dice–: No sé si con esto alcanza para un certificado de defunción. Pero, honestamente, me sorprendería encontrar con vida a quien alguna vez poseyó esa mano.

Heriberto Ryan extrae un pañuelo del bolsillo de su pantalón, lo coloca sobre la mano, y de este modo, se anima a tomarla. Lo hace con extrema cautela.

–Sígame –le dice a Posadas.

Ryan se dirige a su Escritorio. Una vez allí ordena que llamen al cura O'Connor. La mano, ahora, reposa sobre la mesa-escritorio, la misma en la que Ryan hiciera el amor con Elsa Castelli ante los ojos sorprendidos de la pequeña Ana.

Cuando el cura O'Connor se presenta ante él, Ryan le dice:

–Tengo algo que pedirle.

–Qué –pregunta, secamente, O'Connor.

–Es un pedido extraño –dice Ryan–. Pero también es extraño lo que ha ocurrido. Extraño y terrible.

–Estoy enterado –dice O'Connor–. Qué quiere pedirme.

Ryan señala la mano y dice:

–Hay que darle a esta mano cristiana sepultura.

–Me niego –dice O'Connor. Y argumenta–: Si Elsa Castelli no permitió que le diéramos cristiana sepultura al cuerpo entero de Sara Fernández, no veo por qué debemos darle cristiana sepultura a sólo una mano de Elsa Castelli.

–¿Qué ocurre, padre? –pregunta Ryan–. ¿Ya no sabe perdonar? ¿Ejercita usted la ley del Talión?

–A veces es difícil perdonar –afirma O'Connor–, Elsa Castelli fue excesivamente cruel con Sara Fernández.

Ryan insiste. Dice:

–Es cierto que Elsa Castelli fue excesivamente cruel con Sara Fernández. ¿Pero su crueldad nos obliga a ser crueles con ella? –señala la mano, y, con densa convicción, afirma–: Hay que enterrar cristianamente esa mano. Es todo cuanto nos queda de Elsa Castelli. Es como si fuera enteramente su cuerpo.

El padre O'Connor llena de aire sus pulmones y luego resopla entre el fastidio y la resignación.

–De acuerdo –afirma–. Daremos a esa mano cristiana sepultura.

–Antes hay que hacer un velatorio –dice Ryan.

–No sea ridículo –ruge, casi, O'Connor–. ¡Velar una mano! Alcanzará con enterrarla.

–Acepto –dice Ryan–. Le encargaré al carpintero un ataúd.

–¿De qué medida? –pregunta *¿irónicamente?* O'Connor.

–De la medida de la mano, por supuesto –responde Ryan.

O'Connor nada dice, resopla otra vez y sale del Escritorio. Ryan y Posadas quedan solos en medio de un silencio prolongado e incómodo, como son, casi siempre, los silencios prolongados. Por fin, Ryan dice:

–Vea, Posadas, quiero que entienda bien lo que voy a decirle.

–Lo escucho –dice Posadas.

–Ni una palabra de todo esto en la ciudad –dice Ryan–. Si para algo habrá de servirnos estar aquí, lejos, en medio de los vientos de la pampa, será, al menos, para que estos horrores no trasciendan.*

---

* Con razón esta vez, se preguntará usted: ¿por qué esta insistencia (ya es la tercera) en mencionar los vientos de la pampa?

Ha llegado, creo, el momento de decírselo.

Sé que mi novela será traducida. Por ejemplo: al inglés, al francés, al alemán y a otras lenguas. ¿Cómo no ofrecer, entonces, algo de color local?

De aquí el haber recurrido (dos veces) a la palabra *alborotar.* ¡Le ha ido tan bien con ella a García Márquez! De aquí la

–Seré una tumba –promete Aníbal Posadas, recurriendo a un lenguaje a tono con las circunstancias.

Esa tarde, en el descampado que se extiende detrás del Reformatorio, en un pequeño ataúd, es enterrada la mano de Elsa Castelli. El padre O'Connor, con una indisimulable falta de convicción, santifica la ceremonia, y Heriberto Ryan, tal como ya comienza a ser costumbre, dice algunas palabras.

Dice:

–Esta mano que aquí enterramos es todo cuanto nos ha quedado de Elsa Castelli. Pero es un símbolo. Esta mano supo ser dura y supo imponer el Orden en este Reformatorio. La mejor manera de recordarla será, entonces, conservar el Orden que supo imponer. Que así sea.

¿Será así?

Es así. Un crimen es un crimen. Nadie esperaba la muerte de Elsa Castelli. Ni los celadores ni las reclusas.

---

floración de cadáveres. Sospecho (y esto lo sabrá usted mejor que yo) que afuera esperan de nosotros tropicalismo, exuberancia.

En una palabra: excesos. Cerdos que vuelan o cadáveres. Cauteloso, pregunto: ¿es así?

Yo, por las dudas, ofrezco cadáveres.

¿Serán interpretados como una metáfora de nuestras terribles dictaduras?

Vuelvo, aquí, a mi tema obsesivo: ¿cuál es la lectura trascendente de este relato? A veces, sumido en una angustia breve pero tenaz, pienso: no la tiene.

¿Qué piensa usted?

Ni los que se sentían amparados por su poder ni las que se sentían sometidas por su terror. Una áspera paranoia cunde en el Reformatorio. Los celadores tienen miedo porque ignoran si la muerte de Elsa Castelli no ha sido sino el comienzo de una agresión criminal contra los que representan el Orden. Las reclusas tienen miedo porque ignoran si la muerte de Elsa Castelli no traerá represalias, feroces venganzas que sólo podrán cumplirse al costo de sus vidas.

Ana se refugia en su Taller de Costura. Hace y deshace sus muñecas. Ninguna le gusta.

Cierta tarde se detiene ante la que fuera la habitación de Elsa Castelli. Abre la puerta y entra. La habitación está vacía. No está la cama, ni las sillas, ni la biblioteca, ni las revistas. Y, sobre todo, no está el televisor. ¿Qué habrá sido de las vidas de Claudio Martelli y Marisa Albamonte?

Ana lo sabe: Claudio Martelli y Marisa Albamonte han muerto. Y no los mató Sebastián Cardozo. Fueron asesinados por quienes ultimaron a Elsa Castelli, porque con Elsa Castelli, para siempre, desaparecieron Claudio y Marisa. Desapareció la cita infalible de las cuatro de la tarde. Desapareció la telenovela.

Los días transcurren grises, sin dejar huella alguna.

¿Languidece nuestra historia? ¿Se detiene nuestro crescendo? ¿Ya no nos dirigimos hacia un clímax?

Desearía que no se hiciera este tipo de preguntas. A esta altura de los sucesos, desearía que, definitivamente, confiara en mi destreza narrativa. Mi historia (o, generosamente, *nuestra* historia, ya que usted publicará la edición en lengua española) no languidece, su crescendo no se detiene, ni su clímax ha dejado de ser su horizonte obstinado.

Así las cosas, continúo.

Un día, apenas unos días luego de la muerte de Elsa Castelli, Ana visita la cocina del Reformatorio. ¿Hace frío? ¿Hace calor? ¿Es invierno, verano, primavera? ¿Observó usted la irrelevancia climática de este relato? ¿Se debe a que transcurre en un ámbito cerrado? No lo sé. Quizá cuando escriba el texto definitivo introduzca algún señalamiento de este tipo: calor, frío, lluvia.

Sí, no debo olvidarlo: lluvia. Sobre todo, lluvia. ¿O no necesita este relato una estrepitosa tormenta? Ya se verá.

Ana, decía, visita la cocina. La recibe una mujer más precisamente voluminosa que gorda, no sé si me explico. Tiene casi setenta años y se llama Laura. Acaricia los cabellos rubios de Ana, sonríe y le pregunta para qué ha venido a visitarla. A su espalda hay cacerolas, cucharas, espumaderas y, entre tantas otras cosas que sería interminable detallar, hay, cuidadosamente sujetos a la pared, cinco cuchillos. Cinco, en verdad, enormes cuchillos. Laura dice:

–Tanto tiempo, Ana. Tanto tiempo sin verte. Dialogan, luego, sobre algunas insustancialidades, que, como tales, poco importan. Hasta que Ana dice:

–Alguna vez me contaron que antes había dos cocinas en este lugar –y pregunta–: ¿Ahora hay una sola?

La voluminosa Laura responde:

–Ahora sí. Antes, cuando esto era un Hotel y no un Reformatorio, había otra. Qué hermosos tiempos fueron esos, Ana. Cuánta gente importante venía por aquí.

–Entonces... ¿había dos cocinas? –pregunta Ana.

–Sí –responde Laura–. Había ésta y otra más chica, en la que se hacía la comida de la servidumbre.

–¿Y dónde está la otra, la más chica? –pregunta Ana.

Laura se encoge de hombros.

–Ana querida –dice–, ya no me acuerdo. Hay tantos pasillos, sótanos y habitaciones en este lugar. Y son tantos los años que pasaron... Comprendeme, querida, me olvidé.

–No importa –dice Ana–. Yo la voy a encontrar.

–¿Para qué? –pregunta Laura.

–Para darle de comer a mis muñecas –dice Ana.

Laura sonríe. Dice:

–Siempre pensando en tus muñecas vos.

Y Ana también sonríe. Y luego se va. Y cuando se ha ido vemos que ya no hay cinco enormes cuchillos sujetos a la pared.

Hay cuatro.

Esa noche, durante horas, no diré hasta que comienza a entreverse la claridad del amanecer, pero casi, Ana trabaja *¿febrilmente?* en su Taller de Costura.

Cose y descose. Aunque si descose no es porque se ha equivocado, sino porque busca mejorar lo que ya ha hecho bien. Busca la perfección.

Nunca vacila. Yo vacilo. Por eso le subrayo y pongo entre signos de interrogación adverbios tentativos, adjetivos provisorios, quizá innecesarios. ¿Quizá geniales? No lo sé. A veces creo una cosa, a veces otra.

Pero sé que Ana no vacila.

¿Qué es lo que Ana cose y descose sin vacilar, buscando la perfección?

Trama dos muñecas.

Una es gorda y la otra flaca.

Una es idéntica a Carmen, la otra es idéntica a Rosario.

Como no creo que lo recuerde, he retrocedido entre las páginas de esta carta y di con el texto que quiero citarle. Dice así: "Ana trama sus muñecas, las urde pacientemente en busca de una perfección que no siempre se le escapa, ya que Ana, en efecto, es capaz de construir muñecas perfectas".

Según verá, cuando escribí ese texto, atrás, lejos, ya sabía que estaba destinado a fortalecer (digamos: a tornar verosímil dentro del esquema de *esta* ficción) este pasaje del relato. Este pasaje en el que le escribo: Ana ha tramado una muñeca gorda y una muñeca flaca, una muñeca idéntica a Carmen que es gorda y una muñeca idéntica a Rosario que es flaca. Así, Ana ha tramado dos muñecas perfectas.

Durante la mañana siguiente, no importa qué lugar, porque si hay algo que abunda en el Reformatorio son lugares, pero, eso sí, en un lugar despojado, íntimo aunque no secreto, Ana se encuentra con Carmen. Y le dice:

–Tengo un regalo para vos.

–¿En serio? –pregunta Carmen–. ¿Y por qué?

–No importa por qué –dice Ana–. Tomá.

Y le alcanza un paquete.

–¿Qué es? –pregunta Carmen.

–Es una muñeca –dice Ana.

Carmen abre el paquete. Mira la muñeca.

–Pero... soy yo –sorprendida, dice.

–Sos vos –confirma Ana.

–Pero... ¿por qué? –pregunta, otra vez, Carmen.

–Me cansé de hacer muñecas que no se parecen a nadie –dice Ana.

–Es idéntica a mí –dice Carmen.

–Sí, idéntica –dice Ana.

–Pero... le falta algo –dice Carmen.*

–¿Qué? –pregunta Ana.

–Le faltan los pies –dice Carmen.

Ana, sorprendida, mira la muñeca. La mira como si no la hubiera visto nunca. Luego dice:

---

* Habrá observado que tres diálogos de Carmen empiezan con el adversativo "pero". No se preocupe. Dos hubieran sido un descuido.

Tres son un estilo.

–Sí, le faltan los pies.

–Te olvidaste de hacerlos –dice Carmen.

Ana mueve lentamente su cabeza, con algún pesar.

–Qué distraída –dice.

Durante un momento, ambas, Ana y Carmen, permanecen así, sumidas en esa extraña situación. Carmen tiene la muñeca *incompleta* que Ana le ha regalado, y Ana no dice palabra alguna, como si no encontrara modo de reparar su olvido, su falta, esa, en suma, muñeca escasa.

Por fin, dice:

–Me la vas a tener que devolver. Si me la devolvés, la termino.

Carmen le entrega la muñeca.

–Tomá –dice.

Ana toma la muñeca. Y dice:

–Voy a trabajar a la tarde. A la noche la tengo lista –se detiene. Piensa. Añade–: Venite por mi taller y te la doy.

–Está bien –acepta Carmen.

–Pero tengo que pedirte algo –dice Ana.

–Qué –pregunta Carmen.

–No le digas nada a nadie –dice Ana.

–Por qué –pregunta Carmen.

–Porque si alguien se entera también va a querer una muñeca –dice Ana–. Y no puedo hacer muñecas para todo el mundo.

–Cuando la tenga se van a enterar –dice Carmen.

Ana vacila. Se encoge de hombros, aceptando. Y dice:

–Es cierto. Pero, por lo menos, la tuya va a estar terminada.

Carmen la mira con extrañeza, como si no hubiera alcanzado a descifrar las razones de nuestra pequeña, lo cual es comprensible, ya que las razones de nuestra pequeña sólo son descifrables si se sabe lo que usted y yo (para qué negarlo) sabemos, es decir, que nuestra pequeña quiere asesinar a Carmen. Pero Carmen, igualmente, acepta. Digamos que, luego de pensarlo brevemente, se siente incluso halagada por lo que ha dicho Ana: Ana, deduce, no quiere que nadie se entere porque sólo desea hacer una muñeca para ella, porque no quiere que este halago, al menos por ahora, sea compartido.

Una hora más tarde, en *otro* lugar del Reformatorio, Ana se encuentra con Rosario. Y le dice:

–Tengo un regalo para vos.

–¿En serio? –pregunta Rosario–. ¿Y por qué?

–No importa por qué –dice Ana–. Tomá. Y le alcanza un paquete.

–¿Qué es? –pregunta Rosario.

–Es una muñeca –dice Ana.

Rosario abre el paquete. Mira la muñeca.

–Pero... soy yo –sorprendida, dice.

–Sos vos –confirma Ana.

–Pero... ¿por qué? –pregunta, otra vez. Rosario.

–Me cansé de hacer muñecas que no se parecen a nadie –dice Ana.

–Es idéntica a mí –dice Rosario.

–Sí, idéntica –dice Ana.

–Pero... le falta algo –dice Rosario.

–Qué –pregunta Ana.

–Le faltan los brazos –dice Rosario.

¿Está claro, no?

A una de las muñecas, la de Carmen que es gorda, le faltan los pies; a la otra, la de Rosario que es flaca, le faltan los brazos. ¿Para qué añadir más? ¿Para qué narrarle que, en efecto, Ana le dice a Rosario que durante esa tarde completará la muñeca, y que se la entregará a la noche en su Taller de Costura? ¿Para qué narrarle que, tal como a Carmen, le pide que no le diga nada a nadie? ¿Para qué narrarle que Rosario no pregunta *Por qué,* sino que acepta, que sencillamente acepta pues es menos curiosa o, quizá, menos inteligente o menos desconfiada que Carmen? ¿Para qué narrarle sucesos no esenciales?

¿Qué es lo esencial?

Que Carmen y Rosario irán esa noche al Taller de Costura de Ana, esto es lo esencial. Y que irán separadas, solas, sin saber cada una lo que hace la otra. Al fin y al cabo, van en busca de una muñeca. Son mujeres, señor Editor. Son jóvenes. No hace mucho que han dejado de ser niñas. ¿Cómo una muñeca no habría de ejercer sobre ellas tan poderoso atractivo?

¿De qué modo transcurre el resto del día?

No se inquiete. Tampoco es esencial. ¡Cálmese, por favor! Me he propuesto, entre tantas otras cosas, entretenerlo. No le fallaré.

Vea, ya llegó la noche. Ya se dirige Carmen hacia el Taller de Costura de Ana. No se preguntará usted, supongo, detalles superfluos. Por ejemplo: ¿alguien la ve? ¿Es posible transitar tan libremente de noche por los pasillos del Reformatorio? ¿La muerte de Elsa Castelli no ha desatado una vigilia paranoide en los celadores?

Caramba, no hay relato posible si se concede tanto a la sensatez. Y no digo esto porque desee ser insensato, sino porque no deseo perder tiempo. Digamos que algunos celadores duermen y otros no. Y digamos que los celadores que no duermen... no ven a Carmen, o son eludidos por ella. ¿Sí?

Continúo.

Carmen llega al Taller de Costura. Enciende la luz. Todo está allí: la máquina de coser, las tijeras, los dedales. Pero falta Ana. Ana no está.

–Ana –llama, cautelosamente, Carmen–. Ana. Soy yo. Carmen.

Silencio.

–Ana –insiste Carmen–, soy yo. Vine a buscar mi muñeca.

Silencio.

¡Y, de pronto, una mano se apoya en el hombro de Carmen!

¿No es maravilloso?

¿Cuántas veces vio en el cine este bastardo golpe bajo?

¿Por qué habría de evitarlo?

¿O no es parte de mi estética?

Aquí, entonces, está:

¡Una mano se apoya en el hombro de Carmen!

Carmen da un respingo y gira velozmente.

–¡Rosario! –exclama.

–Sí, yo –confirma Rosario.

–¿Me seguiste? –pregunta Carmen.

–No –dice Rosario.

–¿Entonces, qué hacés aquí? –pregunta Carmen.

–¿Y vos? –pregunta, a su vez, Rosario–. ¿Qué hacés vos aquí?

Carmen abre la boca y la cierra. ¿Se entiende, no? Iba a decir algo pero se arrepiente.

Ambas, ahora, se miran en silencio. Rosario, que es menos desconfiada, finalmente dice:

–Vine a buscar a Ana.

–Yo también –dice Carmen.

–Me dijo que me iba a dar una muñeca –dice Rosario. Y añade–: Una muñeca idéntica a mí.

–Nos prometió lo mismo a las dos –dice Carmen.

Y aquí se produce un breve malentendido, porque Rosario pregunta: "¿A vos también te prometió una muñeca idéntica a mí?". "No, a mí", responde Carmen. Y así se resuelve el breve malentendido, que más aún se resuelve cuando Carmen dice:

–Por eso digo, tarada: nos prometió lo mismo a las dos.

–Sí –afirma Rosario. Medita escasamente, mira a Carmen y pregunta–: ¿Qué raro, no?

–Busquémosla –propone Carmen.

Rosario, levemente contrariada, menea su cabeza.

–Qué rabia –dice–. Yo quería esa muñeca.

–Y bueno, dale –instiga Carmen–, ayudame a buscar a Ana y la vas a tener.

Hay dos largos y oscuros pasillos que salen *¿laberínticamente?* del Taller de Costura. Carmen elige uno y Rosario el otro.

¿Para qué negarlo, señor Editor? Usted lo sabe. Todo relato de terror exige la bifurcación de los ámbitos y la separación de los personajes cuando inician una búsqueda. El ámbito debe ser oscuro y los personajes deben buscar en medio de la incerteza y la cautela. En los filmes –siempre– la cámara se ubica *detrás* del personaje, siguiéndolo como si fuera una subjetiva del asesino.

¿A quién seguimos? ¿A Carmen o a Rosario? Antè todo: no a las dos, porque tal decisión nos privaría del efecto que queremos lograr.

Sigamos a Carmen.

Quien, Carmen, se introduce en un largo y penumbroso pasillo, caminando con lentitud, horadando las tinieblas con sus ojos inquietos. De tanto en tanto, una agónica lamparita arroja algo de luz.

–Ana, soy yo –dice Carmen. Y, susurrante, agrega–: Soy Carmen.

Camina...

Camina...

Camina...

Y, entonces, oye un grito ahogado, seco, breve. Oye: ¡Ughhh...!

Se detiene.

¿Qué ha sido eso?

Y ahora oye:

¡Zzzzzzac...! ¡Zzzzzzac...!

Ante ella hay otro pasillo. Dios, ¡cuántos laberintos tiene ese lugar!

Continúa su marcha. Por fortuna, este pasillo está más iluminado. ¿O quizá no? ¿O quizá es su mero deseo, su angustioso deseo de ver una claridad en medio de tantas tinieblas?

Se detiene.

Allí, a unos pocos metros, hay un bulto en el suelo.

Se acerca. Es Rosario. Está caída de costado, con un brazo extendido sobre el que reposa su cabeza y el otro, también extendido, a lo largo de su cuerpo.

–Rosario –dice Carmen–, soy yo, Carmen.

Rosario no responde.

Carmen, casi instintivamente, estira su mano y toma un brazo de Rosario.

–Rosario –vuelve a decir–, soy yo, Carmen. ¿Qué te...?

Y se queda con el brazo de Rosario en la mano. ¿Lo creerá usted, señor Editor? Tampoco lo puede creer Carmen, pero lo cierto es que tiene ahora el brazo izquierdo de Rosario en su mano. Y del extremo seccionado del brazo mana una sangre abundante y muy roja y muy fresca y muy joven, ya que la desdichada Rosario era, en verdad, muy joven.

¿Grita Carmen? ¿Lanza un alarido de repugnancia y terror? No, porque otras sorpresas se lo impiden. El cadáver de Rosario, por ejemplo, gira y se coloca boca arriba, pues el brazo del que Carmen se adueñó le ha alterado el equilibrio. Y así, boca arriba, deja al descubierto un objeto que antes ocultaba, ya que, en efecto, debajo del cadáver había un hacha, y, ahora, al haber girado el cadáver, al haberse colocado boca arriba, la ha descubierto ante los ojos atónitos de Carmen.

Y algo más. Un pequeño y, creo, no exquisito detalle debo explicitarle: le describí, recuérdelo, que el cadáver de Rosario estaba caído de costado, con un brazo extendido bajo la cabeza, sosteniéndola. Ahora, por supuesto, al girar el cadáver, al colocarse boca arriba, ese brazo, que también había sido seccionado, se desprende del tronco y queda allí, sobre el piso, solo, como si expresara una macabra individuación.

Pero Carmen continúa sin gritar. Sostiene en su mano el brazo de Rosario, y esa mano, tal como era inevitable que ocurriera, se cubre con la sangre palpitante de ese brazo joven, recién, qué duda cabe, fragmentado.

Es el hacha lo que obsesiona a Carmen, porque la reconoce, porque advierte que, en efecto, es la misma con la que ellas, las cuatro reclusas conjuradas, descuartizaron a Elsa Castelli. Alguien, ahora, acaba de utilizarla para seccionar los brazos de Rosario.

Carmen abandona el brazo sobre el cuerpo de su infortunada compañera. Al hacerlo, le mira la garganta. Un tajo profundo la atraviesa de lado a lado. Eso, deduce tan repentina como horrorizada, no es posible hacerlo con un hacha. Con un hacha se hubiera producido una decapitación. Ese tajo, sí, es la obra letal de un cuchillo.

¡Ah, señor Editor, la estética del cuchillo! Cuántas páginas podría escribirle sobre tal materia. No lo hago porque sé que usted espera que le narre, o no, la muerte de Carmen. Digo "o no" porque quizá no muere. Pero no es ésta la cuestión. Aquí, al menos. Aquí le recuerdo la estética del cuchillo. Y, para hacerlo, alcanzará con mencionarle la obra maestra de esta estética. Alcanzará, señor Editor, con mencionarle *Psicosis,* el filme de Alfred Hitchcock, basado en un texto del venerado Robert Bloch. ¿Recuerda usted a Janet Leigh? ¿Recuerda ese cuerpo en la bañera, desnudo? ¿Recuerda ese cuerpo infinitamente expuesto, penetrable? ¿Recuerda usted a Anthony Perkins? ¿Recuerda la dimensión apocalíptica que el cuchillo adquiría en su diestra? Todo esto es muy serio, señor Editor. Debo ser prolijo, cuidadoso. Si puedo, genial. Cuando se invocan tan memorables sombras, tan unánimes maestros, uno se condena a ser digno de ellos. ¿Lograré serlo?*

---

* Ya que estamos en esto –en *Psicosis* y en la estética del cuchillo– le regalo el siguiente y breve, brevísimo argumento. Se titula *El novio que entró al cine.* Y es así:

Ángela y Marcos viven en un pueblo de la provincia de Buenos Aires. Son novios. Ella tiene diecinueve y él tiene veinticuatro años.

Algún día, no muy lejano, se casarán.

Cierta noche deciden ir al cine. Pero Ángela no acude a la cita. Huye del pueblo. Viaja a la Capital Federal. Quiere

Continúo.

Carmen retrocede y se apoya contra la pared. Respira en medio de angustiosos espasmos. ¿No agarra el hacha y se arma con ella a la espera de los peligros que la asedian? No. Y como sé que usted, racionalista en estas cuestiones, busca siempre una explicación para hechos que, quizá, no la tienen, se la daré: para

---

cambiar su vida. Quiere algo mejor. No quiere pasar el resto de sus días en ese pequeño pueblo.

Quince años más tarde, regresa. Es una mujer triste y sombría. Ha fracasado. Pero, ahora, aquí está. Viene en busca del amor perdido. Del novio al que dejó esperando esa noche en la puerta de un cine.

Le dicen que Marcos vive en un caserón solitario, en las afueras del pueblo. Ángela va en su búsqueda. Es de noche cuando llega a una casa semiderruida. Entra. Ve una luz. Se acerca. En el baño, frente a un espejo, Marcos se afeita con una navaja.

–Mi amor –dice Ángela–, soy yo. Ángela. Volví.

Marcos no la mira. Continúa afeitándose.

–Soy yo, mi amor –insiste Ángela–. Volví. Te quiero. Nunca me perdoné haberte abandonado frente a la puerta de ese cine.

–No me quedé frente a la puerta del cine –dice Marcos, sin dejar de afeitarse–. Entré. Entré en el cine, Ángela. Y vi una película maravillosa. Una película que cambió mi vida.

–¿Cuál? –pregunta Ángela.

–*Psicosis* –dice Marcos.

Y con un certero navajazo le abre de parte a parte la garganta. Ángela, ensangrentada, se derrumba y muere.

Marcos enjuaga la navaja. La sangre se desliza por el sumidero negro y profundo del lavabo. Y luego, sereno, inmutable, él, Marcos, continúa afeitándose.

Carmen, señor Editor, el hacha es el símbolo de su crimen, es el instrumento que la delata, que la condena. En suma, le teme. Y ni por asomo piensa en defenderse con un objeto que tan criminalmente la señala.

Además, el miedo la paraliza. ¿Nunca tuvo una pesadilla en la que no logra moverse? ¿Nunca tuvo ese horrible sueño en el que uno quiere correr y no puede, o corre en el mismo lugar? Así está Carmen. Quieta contra la pared. Paralizada.

Entonces oye:

Ssssss... ¡tuc! Ssssss... ¡tuc!

Y una sombra se desprende de las sombras del pasillo. Y avanza hacia ella. Y Carmen quiere gritar, y no puede. Sólo puede abrir la boca. Sólo esto.

Y la sombra avanza. Y ya no es una sombra. Ahora es Ana. Es, en efecto, nuestra pequeña, que avanza lentamente, sosteniendo un enorme cuchillo en su diestra y arrastrando su pierna derecha.

Es Ana, que avanza con su cojera. O con su renquera, si prefiere usted que use este hispanoamericanismo.

Es la primera vez que la vemos renquear.

Lo había dicho, ¿recuerda? Hace ya muchas páginas, escribí: "La pequeña Ana será coja siempre que el horror y la desmesura lo requieran".

Lo requieren.

¿Imagina usted la figura de Ana? Ana es una muñeca viviente. Tiene ese aire entre cándido y terrible de las muñecas. ¿Necesito mencionarle la estética de la muñeca que cobra vida? Usted la conoce: hay pocas cosas tan terroríficas como la muñeca (o el muñeco, si usted quiere) que se lanza a caminar.

Me dirá usted: Ana no es una muñeca.

No se equivoque. No en vano he insistido en decirle que es pequeña. Que conserva su aspecto de niña. Que es rubia. Que sus ojos son claros.

Es cierto: Ana no es una muñeca. Pero se le parece tanto, que, en ella, el parecer es el ser. Lo es, al menos, aquí, en esta escena, cuando se desplaza hacia Carmen aferrando el enorme cuchillo con su puñito tenaz, arrastrando su pierna, renqueando, con un brillo obstinado en sus ojos, dispuesta, absolutamente, a matar.

Y mata. Porque, de pronto, como una fiera, de un salto, se arroja sobre Carmen y la acuchilla sin compasión.

¡Cuántas opciones he descartado y cuántas he asumido al narrarle estos sucesos del modo en que lo hice! Pude, por ejemplo, haberle ocultado la identidad del asesino. Pude haber escrito: "una mano, armada con un enorme cuchillo, se abate sobre Carmen". Y sólo esto. Hubiera, así, incorporado mi novela al policial *whodunit.* ¿Quién lo hizo, señor Editor? ¿No sería razonable descartar a Ana por ser, precisamente, la más sospechosa? ¿Habrá sido el doctor Aníbal Posadas, asumiendo esa mecánica exquisita que tienen los médicos para el cuchillo desde Jack el Destripador? ¿Habrá sido el cura O'Connor, a quien Elsa Castelli señaló como un fanático capaz de matar? ¿Habrá sido Heriberto Ryan, el amante de Elsa Castelli?

Vea, no.

Fue Ana.

Así, he preferido el trazo fuerte, grueso, grand-guignolesco al envejecido recurso de la galería de sospechosos. Ya lo sabe: no hay sospechosos. Aquí es Ana la que mata. Pero no por esto dejará este relato de ofrecerle descomedidas sorpresas. Lo crea o no: falta lo mejor.

Durante la mañana siguiente, tal como era previsible que ocurriera, un encargado de limpieza descubre los cadáveres. Supongamos que su nombre es Pedro. Supongamos que llama a Liliana, quien, ¿lo recuerda?, fue la encargada de limpieza que descubrió el cadáver de Elsa Castelli. Supongamos que Liliana exclama "¡Qué horror!" y supongamos que llama a Heriberto Ryan. Supongamos que Heriberto Ryan ya está aquí, pálido, sin poder, todavía, articular palabra. Supongamos que –cuando puede hablar– ordena que llamen al doctor Aníbal Posadas. Supongamos que ese día, otra vez casualmente, Posadas ha hecho su visita al Reformatorio. Supongamos, entonces, que, también él, ya está aquí, junto a Heriberto Ryan, mirando, ¿entre la incredulidad y el pasmo?, los cadáveres de Carmen que era gorda y de Rosario que era flaca. Supongamos que dice:

–Otro descuartizamiento –y que añade–: Esta vez nos han dejado algo más que una mano.

De modo que se inclina sobre los cuerpos y empieza su trabajo.

¿Qué encuentra Aníbal Posadas?

De Carmen encuentra la cabeza, los brazos y las piernas. Pero no encuentra el tronco ni los pies. Con certidumbre, dice:

–Faltan el tronco y los pies.

Y prosigue su tarea.

De Rosario encuentra la cabeza, el tronco, las manos y las piernas. Pero no encuentra los brazos. Con certidumbre, dice:

–Faltan los brazos.*

Aprisionados por el asombro y el horror, Ryan y Posadas nada se dicen durante un prolongado momento. Por fin, dirigiéndose a los encargados de limpieza, es decir, a Liliana y a Pedro, Ryan ordena:

–Cubran estos cuerpos –mira a Posadas y dice–: Sígame, por favor.

Posadas lo sigue.

No imagina usted las enormes dificultades que debo enfrentar y vencer para narrarle el traslado de los

---

* ¿No es admirable la precisión con que Ana realiza su macabra tarea? Si no, analicemos: cuando Carmen tomó el brazo de Rosario, éste aún tenía la mano. Ahora ninguno de los dos la tiene. ¿Qué debemos deducir de esto? Muy simple: que Ana quería los brazos, sólo los brazos y no las manos de Rosario, razón por la que, luego de ultimar a Carmen, seguramente las amputó.

Insisto en mi obsesión: ¿qué lectura trascendente tiene todo este horror? ¿Estoy escribiendo algo más que una historia de muñecas y crímenes atroces, algo más que una historia de restos humanos?

personajes. Sencillamente: para hacerlos ir de un lado a otro. Y no las imagina porque usted no es escritor, sino Editor. (Al menos, yo no he leído nada suyo.) Pero si alguna vez escribe algo lo descubrirá: narrar el desplazamiento de los personajes es, francamente, atroz. Por ejemplo: "Salen de la escena del crimen, atraviesan los pasillos del Reformatorio, llegan al Escritorio de Heriberto Ryan y entran". ¿No es horrible?

Ahórreme semejante tarea.

Heriberto Ryan y Aníbal Posadas ya están aquí, en el Escritorio del primero. Y Aníbal Posadas dice:

–Habría que avisar a la policía.

–Usted sabe que eso es imposible –dice Ryan–. La policía empezaría por el principio. Empezaría por averiguar quién mató a Sara Fernández.

–Elsa Castelli –dice Posadas–. ¿Por qué ocultarlo?

–¿Por qué? –Ryan se restrega nerviosamente las manos. Y dice–: Porque todos somos cómplices de ese asesinato. Y también de las crueldades que Elsa Castelli cometió en este Reformatorio. Cómplices, ¿entiende? ¿O alguno de nosotros dijo algo?

–Usted es quien tendría que haber hablado –dice Posadas.

Ryan deja de restregarse las manos y lo mira entre la sorpresa y la burla.

–¿No me diga? –dice–. ¿Yo? ¿Y por qué?

–Porque es el Director del Reformatorio –muy seguro, afirma Posadas.

–¿Y eso lo absuelve a usted? –pregunta Ryan. Y continúa–: ¿O usted no sabía lo que pasaba? ¿O usted no entregó el certificado de defunción de Sara Fernández? ¿O usted no curó las heridas de las reclusas azotadas? No diga disparates, doctor. Cuando el terror se desata, los que callan son tan culpables como los que matan.*

Abrumado por semejante frase, Posadas inclina su cabeza y no articula palabra alguna.

–Esa frase no me cabe a mí –dice, desde la puerta, aún con su mano apoyada en el picaporte, el cura O'Connor.

–Intempestiva entrada la suya –dice Ryan.

–Entré en medio de su altisonante monólogo –dice O'Connor.

–Bien, vayamos al punto en cuestión –dice Ryan–. ¿Usted se cree al margen de estos horrores?

–Yo le dije que había que detener a Elsa Castelli –dice O'Connor.

–Sí, pero sólo eso –dice Ryan–. No nos engañemos, padre. Nadie aquí hizo nada por impedir el horror.

---

* He aquí, no lo niegue, un texto trascendente. ¿Me acerco a mi deseo de plasmar una novela que no sólo sea un divertimento, sino que se abra a lecturas varias, ya metafísicas, psicológicas o políticas? ¿Y si pongo este texto como acápite? ¿Lo imagina usted? El lector abre el libro, lee el nombre del autor, el título, da vuelta la página y lee: "Cuando el terror se desata, los que callan son tan culpables como los que matan". ¿No es maravilloso?

–Podemos hacerlo ahora –dice Posadas.

–Cómo –pregunta Ryan.

–Podemos contratar a un investigador privado –dice Posadas.

–Usted lee demasiadas novelas policiales –dice, acudiendo a una célebre frase del género, Ryan.

Los tres permanecen silenciosos, se miran, dudan. Buscan en sus mentes –quizá no demasiado ágiles– algo que pueda impedir, develándola, la prosecución de la masacre. Ryan dice:

–Razonemos: Elsa Castelli mató a Sara Fernández y martirizó a varias reclusas. Luego, fue descuartizada. Y ahora aparecen dos reclusas en la misma horrible condición. ¿Qué podemos deducir de todo esto?

Otra vez se miran.

Y aquí los dejamos. Entregados a sus deducciones. ¿Develarán el misterio?

En todo caso, no están solos en esa tarea, porque Judith que es alta y Natalia que es baja, también quieren develar el misterio. Y cuanto antes, pues sienten que una amenaza feroz se cierne sobre sus vidas. Así, se reúnen en el Sótano de la Venganza, en el exacto lugar donde se juramentaran para asesinar a Elsa Castelli. Judith dice:

–Esto fue una venganza.

–Si fue una venganza, entonces alguien nos vio esa noche –dice Natalia–. Alguien nos vio matar a Elsa Castelli.

–Algún celador –dice Judith. Y luego, chasqueando su lengua, se arrepiente de la idea. Y dice–: No tiene sentido. Aquí nadie ve a nadie. Y aunque un celador nos hubiera visto, ¿por qué habría de ejecutar una venganza tan terrible?

–Entonces... fue una venganza –insiste cautelosamente Natalia.

–Claro, idiota –dice Judith–, ¿qué otra cosa podría ser?

–Entonces... es muy fácil –dice Natalia, que no parece tan idiota.

–Qué –pregunta Judith.

–Si fue una venganza –razona Natalia–, el culpable es la persona que más quería a Elsa Castelli.

Silencio. Se miran. Juntas, dicen:

–Ana.

Judith se muerde los labios. Razona. Deja de morderse los labios y dice:

–No puede ser, Ana es muy pequeña, muy inocente. No puede matar así.

–¿Quién entonces? –pregunta Natalia.

–Alguien que no conocemos –dice Judith–. Alguien que quería mucho a Elsa Castelli sin que nadie lo supiera.

–Ana nos puede ayudar –dice Natalia–. Elsa Castelli le debe haber confiado muchas cosas. Quizá sepa quién la quería tanto como para vengar su muerte.

–Vamos –dice Judith.

Traslado de personajes. Se dirigen al Taller de Costura de Ana.

Ya están aquí. También está Ana.

–Creemos que fue una venganza –dice Judith–. Creemos que alguien asesinó y descuartizó a Carmen y a Rosario para vengar la muerte de Elsa Castelli.

–No sé nada –dice Ana. Y cose una muñeca. Pocas veces la hemos visto tan frágil, pequeña, ¿angelical?

–Pensá bien –insiste Judith–. Es importante. Alguien está asesinando reclusas por venganza, por odio. Te puede tocar a vos, Ana.

–¿Qué quieren saber? –pregunta Ana.

–¿Elsa Castelli tenía un amigo? –pregunta Judith–. ¿O una amiga?

–Yo era su amiga –dice Ana.

–Eso ya lo sabemos –dice Judith.

–¿Y un amigo? –pregunta Natalia–. ¿Tenía un amigo?

–El doctor Ryan era su amigo –dice Ana. Y cose su muñeca.

Judith y Natalia salen del Taller de Costura. Se miran. Judith pregunta:

–¿Heriberto Ryan?

Esa tarde, sin velarlas, entierran a Carmen y a Rosario. Hay, desde luego, un cielo gris, denso, ¿plomizo? Se los ve cariacontecidos al cura O'Connor y a Heriberto Ryan. Contra su costumbre, nada dice Ryan esta vez. La atrocidad de los hechos ha sofocado su aptitud para hablar en los entierros.

Al día siguiente, las reclusas reciben orden de reunirse en el patio. Aquí están ahora. Los celadores, quizá con mayor convicción ante los recientes sucesos, blanden sus bastones de goma. Aparece Heriberto

Ryan y, ahora sí, habla. ¿Qué dice? Nada sorprendente. Dice que hay un asesino en el Reformatorio. O varios, dice. Dice que todos deben cuidarse, permanecer alertas. Y, finalmente, dice que el culpable o los culpables serán, tarde o temprano, descubiertos. Esto dice y luego se va. Entra en su Escritorio, extrae el *Ulises,* extrae el whisky y bebe, largamente bebe. Se lo ve más cariacontecido (me gusta esta palabra, ¿a usted no?) que nunca.

No perdamos más tiempo.

Debo narrarle ahora el asesinato de Natalia que es baja.

Supongamos que cierta noche (sólo tres o cuatro noches después del asesinato de Carmen y Rosario, para qué más), Ana le pide a Natalia que la acompañe a su Taller de Costura. Supongamos que Natalia la acompaña. Supongamos que ya están aquí. Supongamos que Ana le dice:

–Tengo un regalo para vos.

–¿En serio? –pregunta Natalia–. ¿Y por qué?

–No importa por qué –dice Ana–. Tomá.

Supongamos que le alcanza el paquete.

–¿Qué es? –pregunta Natalia.

–Es una muñeca –dice Ana.

Supongamos que Natalia abre el paquete. Supongamos que mira la muñeca.

–Pero... soy yo –sorprendida, dice.

–Sos vos –confirma Ana.

–Pero... ¿por qué? –pregunta, otra vez, Natalia.

–Me cansé de hacer muñecas que no se parecen a nadie –dice Ana.

–Es idéntica a mí –dice Natalia.

–Sí, idéntica –dice Ana.

–Pero le falta algo –dice Natalia.

–Qué –pregunta Ana.

–Le faltan las piernas –dice Natalia.

Supongamos que Ana dice: "Es cierto, le faltan las piernas". Y supongamos el resto, lo que ya sabemos: supongamos que Ana le pide a Natalia que le devuelva la muñeca, que le promete que la completará y que se la entregará mañana a la noche en su Taller de Costura. Supongamos, también, que le dice que no le diga nada a nadie, porque si no todos le pedirán una muñeca y no puede hacer tantas, ni para todos a la vez. Supongamos que Natalia acepta.

Supongamos que es la noche siguiente, que Natalia llega al Taller de Costura y llama, en voz baja, leve, ¿cautelosa?, a Ana.

–Ana –susurra, casi–. Soy yo. Natalia.

Supongamos que Ana no está. Supongamos que Natalia empieza a buscarla. Supongamos que sale, con lentitud, ¿sigilosamente?, del Taller de Costura. Supongamos que, ahora, se desplaza por un pasillo en penumbras, iluminado apenas por una lamparita escuálida. Supongamos que nuevamente susurra:

–Ana, soy yo. Natalia.

Supongamos que entonces oye:

Ssssss... ¡tuc! Ssssss... ¡tuc!

Supongamos que es Ana. Supongamos que avanza con implacable lentitud, renqueando, aferrando el cuchillo con su puñito tenaz. Supongamos que Natalia quiere gritar pero no puede, ya que el terror la ahoga. Supongamos que Ana levanta su puñito y lo descarga una vez, y otra, y otra. Supongamos, en suma, que Ana acuchilla ferozmente a Natalia.

Supongamos que usted no cree nada, absolutamente nada de lo que he supuesto hasta aquí.

Lo conozco. A esta altura del relato, pocos lo conocen como yo. Conozco su racionalismo, su necesidad de tornarlo todo creíble (¿casi verificable?) o su temor ante las grandes aventuras de la imaginación.

No lo desprecio.

Usted es así.

Hubiera deseado narrarle la muerte de Natalia del modo en que supuestamente lo he hecho: con muñeca incompleta, con Taller de Costura y pasillo penumbroso. Hubiera, así, logrado un estilo. Una misma mecánica narrativa para todas las muertes.

Pero imagino sus objeciones. ¿Cómo no habría de aterrorizarse Natalia no bien Ana le mostrase una muñeca sin piernas? ¿Cómo no habría de informarle a Judith? ¿Cómo habría de ir sola al Taller de Costura? ¿Cómo habría de entregarse así?

Bien, de acuerdo. Al fin y al cabo, escribo para usted. Y usted es el primer eslabón de una cadena que me conducirá a las más altas cumbres de la gloria literaria. Quizá, en su momento, podré negociar *esta* muerte de Natalia con los productores de la versión cinematográfica.

Por ahora, usted.

Natalia debe morir. ¿Cómo matarla dentro de lo que para usted es el campo de lo verosímil?

¿Se puede despertar Natalia en mitad de una noche? ¿Puede tener deseos de orinar? ¿De hacer pis? ¿Hacen pis las reclusas? ¿Hace pis Natalia?

Si lo hace, convengamos que puede atormentarla (por usar un verbo poderoso) esta necesidad en medio de las así llamadas *altas horas de la noche.* Y si esto ocurre, convengamos que Natalia habrá de ir al baño. Apenas al baño, nada más. ¿Despierta a Judith para que la acompañe? Caramba, no sea excesivo. ¿Por qué habría de hacerlo? El baño no está lejos. Sólo se trata de ir, orinar y volver.

Aquí va, entonces, Natalia. Cruzan su cara las marcas de la almohada y sus párpados están hinchados por el sueño. Se restrega unos ojos lagañosos. Llega al baño, busca uno de los apartados y entra. Se levanta el leve camisón. Se sienta sobre el water. Bosteza. Hace pis.*

---

* Recuerdo un filme en el que la maravillosa Isabelle Adjani hacía pis al aire libre, frente a una casa, creo, blanca, a pleno día, bajo un sol seco, duro. No imagina usted la sensualidad primitiva de la escena. Por eso le hago hacer pis a Natalia. No quiero privarme de semejante recurso.

No bien termina se pone de pie y baja su camisón. Es entonces cuando oye el sonido fatídico de la renquera de Ana, que para ella es sólo un sonido, es decir, no fatídico, ya que nosotros sabemos que es de Ana, no Natalia. (No sé si he sido claro.) Para Natalia, no obstante, es un extraño y amenazante sonido en medio de la soledad y el silencio de la noche. Un sonido que se acerca, se acerca, se acerca...

Ssssss... ¡tuc! Ssssss... ¡tuc!

Natalia cierra la puerta y corre el pestillo. ¿Ha observado usted que en los relatos o filmes de terror los personajes viven cerrando puertas y ventanas? Ocurre que intentan protegerse en el *adentro* de las amenazas del *afuera*. Pero, vea, no voy a teorizar. Desearía, sí, que este pasaje del relato (de *mi* relato) fuera terrorífico. Porque, tal como decía un personaje del gran Stephen King en una novela de vampiros, desearía escribir un relato tan terrorífico que me hiciera ganar un millón de dólares. Y, para qué negarlo, desearía que fuera éste.

Continúo.

Natalia sigue oyendo:

Ssssss... ¡tuc! Ssssss... ¡tuc!

¿Qué hace? ¿Llora? ¿Grita? Abre su boca para gritar, para pedir ayuda, pero una voz tersa, confiable, cálida, la detiene. Es la voz de Ana.

–Natalia –dice Ana–, ¿sos vos?

Natalia se sosiega. Es Ana, la pequeña. Sólo ella.

–Sí –dice Natalia–, soy yo –se detiene. Aún no se ha librado del miedo. Dice–: Oí unos ruidos raros. ¿Estás sola?

–Sí –dice la voz de Ana, pues nosotros tenemos aquí el punto de vista de Natalia, y lo tenemos absolutamente, es decir, no vemos a Ana, sólo oímos su voz. Así, continúa la voz de Ana–: No hay nadie conmigo. Quedate tranquila.

Natalia vacila. ¿Corre el pestillo? ¿Abre la puerta? Dice:

–Ana, fijate bien. Eran muy raros los ruidos que oí. Como si alguien arrastrara algo, ¿entendés?

–Aquí no hay nadie –dice la voz en *off* de Ana–. Sólo yo.

Natalia empieza a llorar. Sin estrépito. Es un llanto lento, contenido.

–Tengo miedo –dice–. Alguien arrastraba algo.

–No tengas miedo –dice la voz de Ana–. Estamos juntas. Y aquí no hay nadie más que yo.

Natalia controla su llanto. Y dice:

–Ana, ¿cómo sabías que yo estaba aquí?

¿Desconfía de Ana?

–Vine al baño y me pareció verte –dice la voz de Ana–. No estaba segura. Por eso te pregunté si eras vos.

Natalia se seca las lágrimas con sus manos. Tiene miedo.

–Ana, ¿y si sos vos la asesina? –pregunta.

–¿Yo? –se asombra la voz de Ana–. ¿Estás loca?

Natalia no responde de inmediato. Piensa. Dice:

–Es el miedo. Perdoname.*

–Es natural que tengas miedo –dice la voz de Ana–. Te comprendo. No te preocupes.

–No me gustaría terminar como Carmen y Rosario –dice Natalia–. No quiero morir, Ana.

–No vas a morir –dice la voz de Ana–. Salí tranquila.

En fin, no quiero narrarle la historia que le sugerí. Supongamos que Natalia confía en Ana. Al fin y al cabo, junto a Judith, ya ha decidido que Ana, la pequeña, no puede ser la asesina. De modo que descorre el pestillo y abre la puerta.

Y aquí está Ana. Ahora la vemos. Un odio irrefrenable asoma en sus ojos. Su diestra está armada con un enorme cuchillo, lista para descargar la estocada final.

---

* Ah, señor Editor, cuántas ideas surgen de mi relato. Imagine esta historia: un personaje se siente amenazado y se encierra en una habitación o en un baño. Otro personaje, al que no vemos, intenta desde afuera convencerlo de que salga. Aquí, le dice, sólo estoy yo. Pero el personaje encerrado no sabe si el asesino es o no es quien lo invita a salir. Así, entre el temor del personaje de adentro y la seducción del personaje de afuera se teje la historia. ¿Saldrá el personaje de adentro? ¿Es el asesino el personaje de afuera?

Le regalo esta historia. Encárguesela a alguno de los "prestigiosos escritores" que convocó para su antología. Aunque lo dudo, quizá pueda escribirla con cierta corrección.

Natalia intenta gritar. Pero es tarde. Ana, en efecto, descarga la estocada final. Y el resto es silencio. Para Natalia, al menos.

Sin dilación alguna pasemos a la mañana siguiente. ¿Quién descubre el cadáver? Pedro, desde luego, el encargado de limpieza que descubriera los cadáveres de Carmen y Rosario. ¿O piensa usted que voy a introducir *otro* personaje para algo tan estúpido como descubrir un cadáver? Ahora bien, ¿dónde está el cadáver? No imaginemos demasiado. No es *siempre* necesario. El cadáver está en el baño. Esto me ahorra explicarle cómo Ana lo trasladó de un lugar a otro. Además, usted lo sabe, odio el traslado de personajes, aun cuando estén muertos. De modo que aquí está. El cadáver, digo. En el baño. Y es Pedro quien lo descubre. Y Pedro llama a Liliana, y Liliana exclama "¡Qué horror!" y llama a Heriberto Ryan, y Heriberto Ryan llega, mira el cadáver y dice:

–Le faltan las piernas.

Usted sabe las cosas que ocurren después: llega Aníbal Posadas, que también ese día hacía su visita habitual al Reformatorio, y extiende el certificado de defunción. A la tarde es el entierro. El cura O'Connor dice algo en latín y Heriberto Ryan, otra vez, no dice nada. Se diría que tantos sucesos macabros le han quitado el habla.

Al menos, en los entierros.

¿Qué hace Ana? ¿Asiste al entierro? Cómo no: allí está ella, seria, sumida en el clima de la grave situación.

Mira las palas de los sepultureros arrojando sobre el cajón la tierra definitiva. ¿Quién podría sospechar de ella? Es tan frágil, tan pequeña. ¿Quién podría pensar que es su mano la causante de tales atrocidades?

Luego del entierro, Heriberto Ryan, el cura O'Connor y el doctor Aníbal Posadas se reúnen en el Escritorio del primero.

–No es posible seguir así –dice O'Connor. Fija sus ojos en Ryan y dice, sugiere u ordena–: Viaje a Buenos Aires. Informe de la situación.

Al día siguiente, Heriberto Ryan toma un tren y viaja a Buenos Aires. En el Departamento Central de Policía se entrevista con el Comisario General Anastasio Romero. Le dice:

–Hay una ola de crímenes en el Reformatorio. Vivimos bajo el terror.

–¿Usted es argentino? –pregunta el Comisario General.

–Sí, señor –dice, ¿orgulloso?, Ryan.

–Entonces jodasé –dice el Comisario General–. Los argentinos no merecen vivir de otro modo.

Y continúa anotando nombres en una lista.

–¿Qué habrá querido decir? –pregunta el cura O'Connor a Heriberto Ryan una vez que éste ha regresado.

–Lo ignoro –dice Ryan.

–Estamos solos –dice O'Connor–. En manos de Dios.

–Rece mucho, padre –dice Ryan–. Rece por todos nosotros.

Y así quedan, solos, ¿cariacontecidos?*

Desearía ahora escribir una frase que siempre me ha seducido. Desearía escribir: *los acontecimientos se precipitan.* Conoce usted mi pasión por los folletines. Comprenderá hasta qué punto me acosa el deseo de escribir la frase paradigmática del género. Porque eso es el folletín: una serie ininterrumpida de acontecimientos que se precipitan. ¿Debo, sin embargo, escribir la frase? ¿No está acaso implícita en el género? ¿No es una desmesura tornarla explícita?

Vea, no.

Y el motivo es simple, inapelable: cultivo una estética de la desmesura.

---

* A esta altura del relato, sólo algo ha crecido tanto como mi confianza en él: mi desconfianza en usted. ¿Puede un escritor confiar en un Editor? Y más aún: ¿puede un escritor como yo, destinado a la gloria pero todavía desconocido, confiar en un Editor como usted, rodeado de escritores tan ávidos de buenas historias como incapaces para imaginarlas?

¿Y si usted me traiciona? ¿Y si le entrega esta historia a uno de los escritores de su "prestigiosa antología" y le pide que se la escriba sin, por ejemplo, mis adjetivos y mis adverbios, tan abundantes como geniales?

No lo haga. Ya es tarde. He redactado una síntesis argumental y la he registrado en la Dirección Nacional del Derecho de Autor. Me dieron un Certificado de Depósito Legal. Es solamente un papel, pero tiene un número impreso con un sello inapelable: 274282. Es el número de mi historia.

Como verá, no soy tonto.

Hasta tal punto soy un escritor original.

Aquí, por consiguiente, está la frase:

Los acontecimientos se precipitan.

Ya debe morir Judith. Que es alta. ¿Cómo matarla? Quiero decir: ¿cómo la matará Ana? No imaginaré un crimen con muñeca incompleta y enorme cuchillo. Lo sé: si empiezo otra oración con el subjuntivo *supongamos,* usted se enferma. ¿Cómo, entonces, matarla?

¿Y si a Judith no la mata Ana?

Veamos.

Horriblemente han muerto ya Rosario, Carmen y Natalia. ¿Necesita *algo más* Judith para comprender que los acontecimientos se han precipitado y que si continúan así, precipitándose, el próximo requiere su muerte?

Decide, en suma, huir.

¿Lo he sorprendido? No habrá aquí muñeca incompleta ni enorme cuchillo. Es más: Ana no matará a Judith. Es más: ¿morirá Judith? ¿Y si huye? ¿Y si escapa al desuno que la lógica del relato le ha trazado? No nos apresuremos. No más, al menos, que los acontecimientos.

Algo está claro: Judith huye del Reformatorio. No sé si advierte usted la originalidad de esta decisión. En las historias de cárceles de mujeres las mujeres no huyen de las cárceles. Hacen todo tipo de porquerías, pero adentro. Es decir, no huyen. Los que huyen de las cárceles son los hombres. ¿Cuántas historias de este tipo recuerda? No lo niegue, son infinitas. ¿Recuerda al terrible *gangster* John Dillinger? Se escapó de la cárcel con un revólver de madera. Lo talló cuidadosamente y lo ennegreció con betún. Woody Allen hizo lo mismo en un filme en el que interpretaba a un ladronzuelo compulsivo, patético y muy gracioso. Pero no talló el revólver en madera sino en jabón. No tenía otra cosa, sólo un jabón. Lo oscureció, también, con betún y salió encañonando a dos guardias. Pero, para su desdicha, afuera llovía y el revólver se le transformó en burbujas. Regresa a su celda y, en el final del filme, luego de una y mil peripecias, urde otra fuga. También esta vez sólo tiene un jabón. Lo talla, le da forma de revólver y lo ennegrece con betún. Aunque, cauteloso, ahora pregunta a sus guardias: "¿Llueve afuera?".

Continúo.

¿En qué momento huye Judith? ¿Huye de día o huye de noche? Pongamos de noche. Ya sale del Dormitorio mientras sus compañeras se entregan a un sueño profundo, buscando olvidar las calamidades que últimamente la realidad viene deparándoles. Judith ha decidido huir de esas calamidades. Lo hemos dicho: se sabe la protagonista de la próxima. Así, confundiéndose entre las sombras, silente pero veloz, cruza el patio y entra en una de las torres de vigilancia. Sabe que arriba encontrará a un celador que siempre ha sido sensible a sus encantos, sin haberlos obtenido nunca.

¿Quién es este celador?

He nombrado, en este relato, a dos celadores: Alberto y Luis. No introduciré a un nuevo personaje para que Judith lo someta a su poder sexual. Y menos a un celador. El celador, pues, es Alberto, quien, ¿por qué no?, siempre ha deseado a Judith, circunstancia que, insisto, Judith conoce y de la que piensa aprovecharse.

Señalaré, aquí, algo importante: Judith es una hembra joven. Es, según, ¿abusivamente? ha sido dicho, alta. Y es flaca, pero sólida. Y tiene grandes pechos (¿no lo enloquecen a usted las flacas de tetas grandes?) y caderas fuertes, amplias. Y unos labios rojos, como enormes frutillas. En suma, está muy bien.

No lo ignoro. Se preguntará usted: ¿a qué viene esto? Le explico: convengamos que hubo poco sexo en esta historia. ¿Y si a usted no lo seduce solamente la sangre? ¿Y si usted prefiere el sexo? No puedo jugar toda mi suerte a una sola carta. Seamos, además, sinceros: ¿conoce usted algún relato de cárcel de mujeres sin un entrevero sexual entre una reclusa y un celador?

Confieso que para lograr esta escena tuve que contradecirme. Al introducir los personajes de las cuatro reclusas conjuradas (muchas páginas atrás) dije que Judith era alta y que poco importaba si era gorda o flaca. Y bien, ahora importa. Judith es flaca, pero poderosa. Tanto, que enloquecerá al pobre Alberto, ahora, arriba, en la torre de vigilancia.

–¿Qué hacés aquí? –pregunta Alberto.

¿Cómo es Alberto? No lo imagino, por ejemplo, como a Heriberto Ryan, es decir, con anteojos, semicalvo y abdomen abultado. No, Alberto tiene que ser un morochazo argentino. Un ardiente macho de las pampas. Absolutamente.

–Vine a verte –dice Judith.

–¿Cómo sabías que estaba aquí? –pregunta Alberto.

–Siempre sé dónde estás –dice Judith–. Te huelo como a un animal.

Personas exquisitas como usted y yo se hubieran sentido agraviadas por semejante frase. Pero no Alberto. Para él, ser comparado con un animal es un halago a su vanidad viril. Compréndalo: es un ser primitivo.

–Vení, guacha –dice Alberto–. Vení.

Judith se arroja a sus brazos, abre casi agresivamente sus labios y lo besa con pasión. Alberto le desgarra la blusa. Sin vueltas, a lo bestia, arrancándole los botones. Las grandes tetas de Judith son ahora suyas. Hunde entre ellas su rostro y las besa compulsivamente. Se pierde en ese fuego.

Judith, que ha empezado a emitir un sensual ronroneo, acaricia el cuerpo del fogoso celador. Su mano busca, desciende y desciende aún más.

Hasta que:

–Alberto –jadea Judith–, qué duro estás. Qué hermoso.

Alberto extrae su rostro de entre las tetas y dice:

–No te entusiasmés, nena. Es el bastón de goma.

Y se acabó.

Es todo.

Espero no desilusionarlo, pero la escena sexual termina aquí.

Judith sustrae el bastón de goma de Alberto y lo descarga sin piedad (una, dos, tres, cinco veces) sobre su cabeza. Es decir, sobre la de Alberto.

–¿Qué... hacés? –gime Alberto, protegiéndose inútilmente con sus manos–. ¿Qué... te pasa?

–No quería otra cosa que tu bastón de goma, boludo –ruge Judith–. Y romperte la cabeza. ¡Así! ¡Así! ¡Así!

Y un bastonazo por cada "¡Así!".

Alberto cae de rodillas. Una sangre abundante y espesa cubre su rostro.*

Judith, impiadosa, continúa castigándolo. Alberto pierde el sentido y se desploma sobre el piso. No creo que hubiera podido desplomarse sobre otra cosa. Judith le arrebata las llaves y huye de la torre de vigilancia. Lo hace, descendiendo velozmente las escaleras. Ahora abre una puerta de hierro y sale al

---

* Utilizo otra vez el recurso de la sangre. Creo que me obsesiona. Creo que –en mí– la sangre es más poderosa que el sexo.

Qué frase: la sangre es más poderosa que el sexo.

¿Qué significa?

descampado que se extiende detrás del Reformatorio. Allí, donde está el cementerio. Comienza a correr entre las cruces blancas.

Un grito la paraliza.

–¡Agarrenlá! ¡Se escapó! ¡Agarrenlá!

Es Alberto, con el rostro bañado en sangre pero ya repuesto. ¿Tan rápido se ha repuesto? Para desdicha de Judith y para beneficio de las necesidades del relato, sí. Judith apresura su carrera.

Se oyen gritos, órdenes, imprecaciones. Y ladridos. Los celadores siguen a Judith con perros voraces, que tironean ferozmente de sus correas, arrastrándolos tras una pista certera, la de Judith, que continúa huyendo dominada ahora por el pánico, que respira entrecortadamente, que siente el galope tumultuoso de su corazón, que corre aún más, y que tropieza con una cruz, tropieza y cae, y se agarra de la cruz con desesperación, intentando ponerse en pie, y, abruptamente, descubre que hay una inscripción tallada en la cruz, y la mira, y la inscripción es un nombre, y el nombre es

ELSA CASTELLI

Judith abre grandemente sus ojos, se lleva las manos al rostro y grita. Grita:

–¡No! ¡No! ¡No!

Y continúa su carrera.

Las luces de las linternas horadan la noche. Los ladridos de los perros se multiplican. Cada vez se oyen más cercanos. Así, al menos, los oye Judith. Cercanos, atrapándola ya. Y corre. Corre. Quiere llegar a la carretera. Huir. No regresar. No regresar al Reformatorio del terror, allí, donde una muerte segura la aguarda. Quiere llegar a la carretera. Y conseguir que alguien la ayude. Un automóvil. Que un automóvil detenga su marcha y la salve, quiere, patéticamente, Judith. Y corre. Corre sin control, dominada por el pánico, por el terror de ser atrapada, y castigada, y conducida hacia su muerte implacable. Y corre. Judith corre. Y la carretera está allí. Sólo resta un esfuerzo más.

Y llega a la carretera. Y una luz la enceguece. Y oye una bocina. Y el chirrido agudo, ensordecedor de unos frenos.

Y la aplasta un camión.

Y así muere Judith, que era alta.

Memorioso, se dirá usted: ¿no era sólo Felisberto López quien no moría a manos de otro personaje? ¿No fue establecido, como modalidad del relato, que todos los personajes que mueren lo hacen –es decir, mueren– asesinados por otro personaje? Si es así, ¿quién asesinó a Judith? ¿El camión?

Bien, no.

La asesinó el camionero.

Lo sé: usted no lo acepta. Se dice: fue un accidente. Judith apareció intempestivamente en la ruta y nada pudo hacer el camionero. Judith es la culpable.

¿Cree que me ha acorralado?

No es así: tengo una impecable respuesta para este problema. Preste atención: *el camionero estaba borracho.* Atropelló a Judith. Dijo, turbiamente, "¡Carajo!", y se dio a la fuga.

Además, ¿es necesario que discutamos por semejante nimiedad? ¿Por qué se empeña en señalarme contradicciones? ¿Tan escasamente confía en mí? ¿Tan escasamente lo atrapa la tensión del relato que recuerda –aquí– algo que afirmé treinta mil palabras atrás?

Continúo.

Los celadores llegan a la ruta y rodean a Judith iluminándola con sus linternas. El camión se ha perdido en la noche.

–La hizo puré –dice un celador sin pasión, sin dolor ni asco, sólo verificando un hecho.

No demora en aparecer Heriberto Ryan. Viste una bata arrugada. El suceso lo ha sorprendido durante el sueño. Pero ya está aquí.

–Pobrecita –dice, con algún pesar.

Esa misma noche la entierran. La entierran sin velarla. ¿Es ya la muerte una rutina? ¿Ya no merece un velatorio una vida humana perdida? Nadie responderá estas preguntas, porque nadie se las formula.

¿Dice algo en el entierro Heriberto Ryan?

Nada.

Sin embargo, cree encontrar en esta muerte un significado especial. No es, conjetura, una muerte como las otras. Así se lo dice al cura O'Connor.

–¿Qué me quiere decir? –pregunta, sorprendido, O'Connor.

–Lo que le dije –dice Ryan. Y, contundente, afirma–: Ya no habrá más crímenes.

A pasos lentos se alejan del camposanto. La noche es oscura, sin luna ni estrellas. Los sepultureros arrojan tierra sobre el ataúd de Judith. O'Connor pregunta:

–¿En qué se basa para decir eso?

Ryan responde:

–Se lo diré mañana. Lo espero en mi Escritorio a las diez.

–¿Por qué mañana y no ahora? –pregunta O'Connor.

–Quiero pensarlo mejor –responde Ryan.

–Está bien –acepta O'Connor–. A las diez estoy con usted.

Durante esa noche casi no duerme Heriberto Ryan. Se pasea por su Escritorio. Reflexiona. Busca su botella de whisky siempre oculta tras el *Ulises*. Y bebe. (¿No bebe demasiado este personaje?)

Son exactamente las diez de la mañana cuando aparece el cura O'Connor. Unas ojeras profundas se deslizan bajo sus ojos. Tampoco él ha pasado una buena noche.

–Lo escucho –secamente, dice.

–Ya no habrá más crímenes –dice Ryan.

–Eso ya me lo dijo –dice O'Connor–. Ahora dígame por qué.

–Porque la asesina era Judith –dice Ryan–. Atormentada por su culpa, huyó. Llegó a la ruta y se arrojó bajo un camión. Todo ha terminado. Podemos estar tranquilos.

–¿Y para decirme semejante idiotez me tuvo sin dormir toda una noche? –se encoleriza O'Connor.

–¿No durmió? –pregunta Ryan.

–Casi nada –resopla O'Connor.

–¿Por qué? –pregunta Ryan.

–Creí que usted tenía la solución del problema.

–Acabo de dársela –dice, convencido, Ryan.

–No sea ridículo –dice, siempre colérico, O'Connor–. ¿Usted se cree muy listo, eh? Muy inteligente. Pero no, Ryan. Yo, como detective, soy el Padre Brown al lado suyo. ¿O cree que no pensé algo parecido? ¡Judith culpable! ¡Atormentada por la culpa se tiró bajo un camión! ¡Ja! ¡Ja! ¡Ja!

–Oiga, no se ría –dice Ryan–. Esto es serio.

–Usted es patético –dice O'Connor–. Llámeme otra vez, si quiere. Pero, por favor, no para decirme estupideces.

–Entonces... ¿usted cree que los crímenes continuarán? –pregunta, balbuceante, Ryan.

–Nada indica que no –dice O'Connor.

Tres golpes en la puerta.

¡Toc! ¡Toc! ¡Toc!

–Adelante –dice Ryan.

Entra Liliana. Se la ve pálida, temblorosa. Abundantes lágrimas surcan su rostro.

–¿Qué sucede? –pregunta Ryan.

–¡Qué horror! –exclama Liliana.*

–Explíquese –exige Ryan.

Liliana saca un pañuelo y se seca las lágrimas. Dice:

–La tumba de Judith ha sido profanada.

–¿Profanada? –se asombra Ryan–. ¿Usted sabe lo que está diciendo?

Aún dolida pero digna, dice Liliana:

–Sé lo que esa palabra significa, si usted se refiere a eso. La tumba ha sido profanada, doctor Ryan. Alguien, con una pala, no lo dudo, quitó la tierra que cubría el ataúd, lo abrió y...

Liliana estalla en un estridente sollozo.

---

* Leo a un crítico de literatura. Escribe: "En literatura, hay adjetivos que pertenecen al lector, nunca al narrador; en una novela de terror, el adjetivo *horroroso* debe ser una consecuencia de la lectura, no un juicio del que escribe".

Veamos. Ha sido Liliana y no yo quien ha dicho: "¡Qué horror!". Liliana, según hemos visto, es afecta a semejante frase. Pero, ¿la habré escrito yo en algún pasaje del relato? O más exactamente: ¿habré escrito el adjetivo *horroroso*? ¿Me habré apropiado, en algún fatídico e irrestañable instante, de ese adjetivo que pertenece al lector y no al narrador?

Dios mío, creo que sí.

¿Será, entonces, mi novela destrozada por la crítica? ¿Habrá piedad para mí? ¿Seré condenado al más atroz de los infiernos por haber escrito un adjetivo inadecuado, prohibido?

¡Qué horror!

–¿Y... qué? –inquiere Ryan–. Vamos, no se detenga. ¿Qué ocurrió?

–¡Cortaron las manos de Judith! –exclama Liliana–. ¡Qué horror!

Nada dice Ryan. Tampoco O'Connor. Cruzan una rápida mirada. Luego, Ryan, seco, le dice a Liliana:

–No llore más, por favor.

–Sí, doctor Ryan.

–Retírese.

–¿No va usted a hacer nada?

–Ya voy para allí. Ahora retírese.

Liliana sale del Escritorio. O'Connor, altanero, casi triunfal, encara a Ryan:

–¿Y? ¿Qué me dice ahora?

–La pesadilla no cesa –dice Ryan–. Tenía usted razón. Judith no era la culpable. Me equivoqué. Los crímenes continuarán. Sólo me pregunto... –Ryan se detiene. Luce atormentado.

–Hable –exige O'Connor.

–¿Por qué estas mutilaciones? –pregunta Ryan–. ¿Por qué este martirio de los cuerpos?

–Si supiéramos eso, lo sabríamos todo –dice O'Connor.

Se dirige hacia la puerta, la abre, gira levemente, mira a Ryan y dice:

–Tiene trabajo, doctor Ryan. Entierre otra vez a la desdichada Judith. Y Dios quiera que no tenga que hacerlo más. Porque ni los muertos son respetados en este lugar demoníaco.

Cierra la puerta y se va.

Ryan queda solo. Se restrega, según es otra de sus costumbres, las manos. Nerviosamente lo hace. Se acerca a la biblioteca, quita el *Ulises* y toma la botella de whisky. Bebe, bebe abundantemente.

Sí, ya no caben dudas: este personaje bebe demasiado.

Pero, ¿podría ser de otro modo? Es el Director del Reformatorio. Los hechos lo han sobrepasado. Y está solo. Solo ante el horror. Su viaje a Buenos Aires fue un fracaso. El Comisario General Anastasio Romero le dijo: "Jodasé". Sólo esto. Y el doctor Aníbal Posadas apenas atina a redactar certificados de defunción. Y el cura O'Connor parece un juez impiadoso, dispuesto a destrozar toda esperanza y a tornar aún más infernal la situación. ¿Es esto propio de un cura? ¿No sería más adecuado que dibujara algún horizonte? ¿Que alimentara la fe? ¿O no están los curas en este mundo para decir que todo horror concluirá, que de las tinieblas surgirá la luz? Pareciera que el cura O'Connor no. Pareciera, a veces, que encuentra solaz en señalar la persistencia, la indestructibilidad del Mal.

Sin embargo (¿lo creerá usted, señor Editor?), los padecimientos de Heriberto Ryan están por concluir.

Seré sincero: nuestra historia está por concluir.

Nos acercamos a la *gran escena final.* ¿Recuerda mi promesa? Le dije: la escena final de este relato será aún más desmesurada, *más loca* que la inicial, es decir, que la *gran escena inicial desquiciadora.*

Prepárese.

También le hablé de la irrelevancia climática de nuestra narración.

Frío, calor, lluvia. Y le dije: este relato necesita una estrepitosa tormenta.

¿Le sorprende hasta qué punto recuerdo mis promesas? No es casual. Soy prolijo: las anoto en un pequeño cuaderno. Anoto, por ejemplo: "estrepitosa tormenta". O también: "Ana será coja siempre que el horror y la desmesura lo requieran". Y otras cosas: "Felisberto López y Aníbal Posadas tienen bigotes". O refinamientos como: "he utilizado *narración* y *relato* como sinónimos". ¿No es admirable?

Continúo.

La profanación de la tumba de Judith fue descubierta la mañana siguiente a su entierro. ¿Podemos elegir la exacta noche de ese día como la noche de nuestra *gran escena final*? ¿Por qué no? ¿O no hemos ya establecido que los acontecimientos se precipitan? Bien, así continúan entonces. Precipitándose.

De modo que: *esa noche estalla una estrepitosa tormenta.*

Heriberto Ryan está en su Escritorio. Se ha dejado caer en un sillón. Se lo ve abatido. Viste una camisa en la que se dibujan incontables arrugas, una corbata floja, suelta, mal anudada y un pantalón casi tan arrugado como la camisa. Una barba de dos días oscurece su rostro y sus ojeras son profundas, violáceas. ¿O son negras como lo es –en este momento– su visión de la vida?

La botella de whisky ya no está tras el *Ulises*. Está sobre la mesa-escritorio y está vacía. Brevemente: Heriberto Ryan la vació.

Hasta tal punto ha estado bebiendo.

Truenos y relámpagos.

¿Necesito describirle esto? Usted sabe cómo es una tormenta. Los relámpagos iluminan los rostros de los personajes y los truenos sacuden los caireles de las arañas. O, en este caso, la botella de whisky y el vaso del demudado Ryan.

¿Qué ocurre ahora?

Digamos que los truenos ya no son tan, si se me permite decirlo así, atronadores. ¿Por qué? Vea, necesito que Ryan oiga *otros* sonidos. Mantengamos, sí, la lluvia. En suma: los truenos se han aplacado pero llueve con tanta intensidad como siempre. O: como desde el inicio de la *gran escena final.*

Ryan se pone de pie y enciende un cigarrillo. ¿Lo hice fumar antes? ¿Dije que *no* fumaba? No lo recuerdo. No he anotado en mi pequeño cuaderno: "Heriberto Ryan no fuma".

En fin, hagámoslo fumar.

Fuma y se pasea nerviosamente por el Escritorio. ¿Espera algo? No. Abrumado por sus problemas, sólo está cavilando. Lo que está por ocurrir habrá de sorprenderlo *infinitamente.* Tanto, así lo deseo, como a usted.

Dije que necesitaba que Ryan oyera *otros* sonidos, no sólo los truenos, y hasta he eliminado los truenos para abrir el *espacio auditivo* de esos *otros* sonidos.

Bien, ya los oye.

Heriberto Ryan oye:

Ssssss... ¡tuc! Ssssss... ¡tuc!

Se detiene. Deja de pasearse por el Escritorio. Se pregunta: ¿qué es eso? Se dice: no es un trueno. Se dice: los truenos han cesado, sólo llueve ahora. Y otra vez se pregunta: ¿qué es eso? Y otra vez oye:

Ssssss... ¡tuc! Ssssss... ¡tuc!

Y apaga el cigarrillo. De modo que si alguna vez hemos dicho que Heriberto Ryan *no* fumaba, nuestra contradicción ha sido mínima, ya que lo hemos hecho fumar escasamente.

De pronto, un trueno.

¿No habían cesado?

No por completo. Siempre son buenos para subrayar una situación. Además, ¿cómo habrían de cesar tan abruptamente? Además (sí, otro *además*), Heriberto Ryan ya oyó lo que queríamos que oyera, ¿por qué, entonces, no seguir con los truenos? Digamos que siguen, pero con menor persistencia que antes. ¿O usted concibe una tormenta sin truenos?

Continúo.

¿Qué más oye Heriberto Ryan?

Oye golpear a su puerta.

Oye:

¡Toc! ¡Toc! ¡Toc!

Vacila. Se pregunta: "¿Quién puede ser a esta hora?" Mira su reloj: *son las doce de la noche.* Diablos, ¿quién puede estar aún despierto en el Reformatorio?

¿Habrá ocurrido una nueva tragedia?

Abre la puerta. Ahí, frente a él, está Ana.

–Ana, ¿qué hacés aquí? –pregunta.

Ana viste un camisón blanco, está pálida y sus ojos claros miran fijamente a Heriberto Ryan.

–Tengo que hablar con usted –dice.

–Bueno, entrá –dice Ryan, ¿intrigado?

Ana, renqueando, entra en el Escritorio. Ssssss... ¡tuc! Ssssss.... ¡tuc!

–¿Qué te pasó? –pregunta Ryan–. ¿Te lastimaste?

–Sí –contesta Ana–, hace muchos años.

–No lo sabía –dice Ryan.

–Ahora lo sabe –dice Ana.

Heriberto Ryan busca los ojos de la pequeña. Hay en ellos un brillo que nunca antes había notado. ¿Qué es? ¿Rencor? ¿Furia? ¿Obstinación?

Un relámpago y un trueno.

Ryan pregunta:

–¿Para qué viniste, Ana?

–Se lo dije –dice Ana–. Tengo que hablar con usted.

–Bueno –acepta Ryan–, te escucho.

La mirada de Ana pierde ese brillo entre rencoroso y obstinado. No se vuelve tersa, según suele serlo (*a veces*), pero se aplaca, ¿se dulcifica?

–Usted es una buena persona –afirma nuestra pequeña.

–Eso creo –dice Ryan, quien, en efecto, es una buena persona. (*¿Lo es?*)

–¿Haría algo por mí? –pregunta Ana.

–Depende –dice Ryan.

–¿Depende... de qué? –pregunta Ana.

–De lo que me pidas –dice Ryan.

Ana permanece silenciosa durante un largo, muy largo momento. Continúa la tormenta: los relámpagos y los truenos. Ana dice:

–Quiero mostrarle algo.

–Qué –pregunta Ryan.

–Lo va a saber cuando lo vea –dice Ana–. Sígame.

Salen del Escritorio.

Detesto (se lo he dicho claramente) el traslado de personajes. Salen de aquí. Llegan allá. Abren una puerta. Cruzan un umbral. Recorren un pasillo. Caramba, qué aburrido. Usted lo sabe: *la marquesa salió a las cinco.* Es mortal.

Pero, ¿y si hay algo fascinante, misterioso o prohibido más allá del umbral? Y –digo yo– ¿si los personajes se *trasladan* en busca de un final sorprendente? ¿Y si la marquesa sale a las cinco y le suceden tantas cosas que ya no regresa jamás?

Créame, nuestros personajes se trasladan en busca de su definitivo destino. En el final del traslado están la pasión, lo desmedido y la locura. Hágame caso. Caminemos tras Heriberto Ryan y Ana. No nos vamos a arrepentir.

Recorren, ahora, un largo pasillo penumbroso, apenas iluminado por esporádicas lámparas. Las sonoridades de la tormenta se oyen cada vez más lejanas. Ana avanza renqueando. Heriberto Ryan la sigue.

–¿A dónde vamos, Ana? –pregunta.

–A la cocina –responde Ana.

–Por aquí no se va a la cocina –dice Ryan.

–A la otra cocina –dice Ana.

–No hay otra cocina –dice Ryan.

–Usted sabe que sí –insiste Ana–. Hay otra.

–Hace años que está clausurada –dice Ryan–. Que nadie la usa.

–Yo la uso –dice Ana.

Y continúan caminando a través del largo y laberíntico pasillo.

¿Los imagina usted? ¿Los ve? Ana con su renquera. Ssssss... ¡tuc! Ssssss... ¡tuc! Y Heriberto Ryan tenso, expectante, preguntándose: *¿qué está sucediendo?*

Una luz blanca, contundente, asoma ahora al final del pasillo.

Sí, es la cocina.

–Esa cocina se usaba cuando esto era un Hotel –dice Ryan algo balbuceante, sólo por necesidad de hablar, sólo porque no tolera el silencio–. Ahí se hacía la comida de la servidumbre y...

–Eso ya lo sé –dice Ana, secamente–. Lo sabe usted y lo sé yo. Así que no perdamos tiempo. No hablemos de cosas que ya sabemos.

Se acercan a la cocina. Ana dice:

–No me pregunte quién colocó otra vez las luces. Fui yo. No me pregunte quién arregló el refrigerador. También fui yo. Estamos aquí por otro motivo.

–¿Cuál? –inquiere Ryan.

–Pronto lo sabrá –dice Ana.

Llegan a la cocina. La puerta del refrigerador está abierta y una niebla helada sale desde allí. La cocina está limpia. Los azulejos brillan. Es como si acabaran de construirla.

Pero es *otra cosa* la que reclama la inmediata atención de Heriberto Ryan. Cerca del refrigerador, envuelta en una niebla helada, hay una mesa. Y sobre la mesa hay algo.

Algo.

Algo que está cubierto por una sábana blanca. Y sus contornos son humanos. Son los contornos de un cuerpo humano.

–¿Qué es eso? –pregunta Ryan.

–Doctor Ryan –dice Ana con un sosiego tan helado como la niebla que surge del refrigerador–, yo nunca fui feliz.

Ryan ha comenzado a transpirar.

Otra vez pregunta:

–¿Qué es eso?

–Sólo fui feliz cuando mi mamá volvió –dice Ana–. Porque ella volvió buena. Y dulce. Y generosa. Y me la quitaron, doctor Ryan. Me la quitaron.

–Ana, por Dios –insiste Ryan–, ¿qué es eso?

–Es una muñeca –dice Ana–. Usted sabe que yo hago muñecas. ¿No, doctor Ryan?

–Sí –afirma Ryan–, sé que hacés muñecas.

–Usted sabe que mis muñecas son perfectas. ¿No, doctor Ryan?

–Terminemos, Ana –dice, con cierta firmeza esta vez, Ryan–. ¿Qué es eso?

–Es mi mejor muñeca –dice Ana–. Nunca hice una mejor. Es la más perfecta de todas.

–Quiero verla –dice Ryan.

Ana emite una pequeña risa.

–Claro que la va a ver –dice–. Para eso lo traje aquí. Mírela. Mire mi muñeca, doctor Ryan.

Y, con lentitud, retira la sábana y la deja caer al piso.

Y Ryan ve la muñeca.

Reposa sobre la mesa y está vestida con una blusa azul, una pollera blanca y unos zapatos rojos. Gruesas costuras unen el tronco con el cuello, el tronco con los brazos, los brazos con las manos y las piernas con los pies. Si tiene otras costuras no se ven pues están cubiertas por las delicadas prendas con que Ana la ha vestido.

Heriberto Ryan, retrocediendo unos pasos, golpeado por el asombro, exclama:

–¡Es Elsa Castelli!

–Es mi mamá –dice Ana. Y, con dulzura, añade–: La mamá que volvió para quererme.

Ryan respira agitadamente.

–Ya entiendo –dice–. Entiendo todo. Los crímenes. Las mutilaciones. Todo.

–Hice mi muñeca, doctor Ryan –dice Ana–. Y es mi mamá. Y es perfecta.

Ryan, siempre agitadamente, dice:

–Es la cabeza de Elsa Castelli. Son los brazos de Rosario. El tronco y los pies de Carmen. Las manos de Judith. Y las piernas de Natalia –mira a nuestra pequeña y exclama–: ¡Vos las mataste! ¡Vos sos la asesina! ¡Vos, Ana!

Serenamente, Ana dice:

–Ellas mataron a mi mamá. Y yo las maté para hacerla de nuevo. Para hacer mi muñeca, doctor Ryan.

–Sos una asesina, Ana –afirma Ryan–. Vos, tan pequeña. No puedo creerlo.

–No lo traje aquí para que me diga esas cosas, doctor Ryan –dice Ana.

Ryan se paraliza. Un silencio absoluto se instala entre ellos. Ana, luego, insistiendo, afirma:

–No lo traje aquí para que me diga cosas feas. Lo traje para algo muy diferente.

–¿Para qué? –jadea Ryan–. ¿Para qué me trajiste aquí, pequeño monstruo?

–¡Basta! –ruge Ana–. ¡No me diga eso!

Y hay un brillo terrible en sus ojos. Heriberto Ryan, en verdad, jamás ha visto algo así en toda su vida. Súbitamente descubre que está en peligro.

–Está bien –dice–, no voy a decir nada que te disguste.

Ana sonríe y se sosiega. Dice:

–Tráteme bien, doctor Ryan. Sea bueno conmigo.

–Sí, Ana –dice Ryan–. Voy a ser bueno con vos.

–¿Le gusta mi muñeca? –pregunta la pequeña.

–Sí –afirma Ryan.

Ana, satisfecha, vuelve a sonreír. Dice:

–Sólo le falta vivir –y añade–: Usted la hará vivir.

–No veo cómo –dice, manteniéndose aún sereno, Ryan.

Y Ana dice:

–Hágale el amor.

Ryan respira entrecortadamente. Dice:

–Ana, lo que me pedís es demencial.

–No sé qué es eso –dice Ana–. No sé qué quiere decir *demencial,* doctor Ryan. Pero hay algo que sé.

–¿Qué, qué sabés? –pregunta Ryan.

Y Ana dice:

–El amor es más poderoso que la muerte. Y también sé otra cosa. O es la misma. Creo.

–¿Qué es? –pregunta Ryan.

Y Ana dice:

–El amor es tan fuerte que puede revivir a los muertos –hace una breve pausa. Y luego dice–: Bésela, doctor Ryan. Bese a mi mamá en los labios.

–Dios mío, no... no... –balbucea Ryan.

Y Ana dice:

–Hágalo. Las parejas, antes de hacer el amor, siempre se besan.

–¡No voy a besar a ese monstruo! –vocifera Ryan–. Vos estás loca, Ana. Eso es un cadáver.

–¡Es una muñeca! –exclama, otra vez furiosa, Ana–. ¡Y usted le va a dar vida! ¡Vamos, bésela!

–¡No! –se opone Ryan, retrocediendo–. Eso es un cadáver. Un cadáver monstruoso. Un engendro infernal.

–¡No diga eso! –ruge Ana.

Y extrae de una alacena su enorme cuchillo. El terror paraliza a Ryan. No lo duda: con *ese* cuchillo cometió Ana los asesinatos.

–Ana, por favor –ruega–, no me mates.

Ana aferra el cuchillo con su puñito tenaz.

–Hágale el amor –dice–. Hágala suya. Poséala. ¡Poséala!

–Ana, pequeña –dice Ryan–, no puedo... No puedo...

–Usted ya lo hizo –afirma Ana–. Yo lo vi.

–Estaba viva cuando lo hice –argumenta Ryan–. Ahora está muerta.

–¡Basta! –ruge Ana–. ¡Haga lo que le digo! ¡Hágala suya! ¡Poséala! ¡Poséala!

Ryan se acerca al cadáver. ¿Intentará salvar su vida obedeciendo a Ana?

–¡Bésela! –ordena la pequeña.

Ryan acerca sus labios a los del cadáver. Ya está por besarlos, pero, bruscamente, se arroja hacia atrás, asqueado.

–¡No puedo! –exclama–. ¡No puedo!

Ana, siempre aferrando el enorme cuchillo, se le acerca.

–Usted no es una buena persona, doctor Ryan –dice–. Usted no es como Claudio Martelli.

Ryan comienza a sollozar.

–No sé quién es Claudio Martelli –dice. Y ruega–: Por favor, Ana, no me mates. No me mates.

Pero Ana no tendrá piedad con Heriberto Ryan. Era el único ser que podía devolverle la vida a su mamá.

Sólo tenía que hacer algo que ya había hecho. Sólo tenía que hacerle el amor. Hacerla suya. Poseerla. Y se niega. No quiere. No quiere darle la vida a su mamá. ¿Merece algo que no sea la muerte, el castigo final, absoluto?

–¡No! –grita Ryan–. ¡No!

Pero Ana ya ha descargado el golpe mortal. El cuchillo se hunde en el pecho de Ryan, que abre enormemente sus ojos y hace ¡Argh! y una sangre oscura y abundante inunda su boca y cae, Ryan, de rodillas y aún alcanza a balbucear:

–No, Ana. No...

Y Ana vuelve a descargar su cuchillo. Una y otra vez. Y dice:

–Usted es malo. ¡Es malo, doctor Ryan!

Y Ryan se desploma de bruces contra el piso, muerto, a los pies de Ana.

Nuestra pequeña lo observa largamente. La sangre del desdichado Ryan humedece sus zapatos. Ana abre su manita y deja caer el cuchillo. Ya no lo necesita.

¿Qué hace ahora?

Se acerca hacia la mesa sobre la que reposa el *cadáver-muñeca*. Toma una de sus manos –unida al brazo por una sólida costura– y la retiene entre las suyas. Y unas lágrimas brillosas y lentas se deslizan desde sus ojos claros.

Ana llora.

Sufre. Ama a su mamá y sufre. ¿Quién la volverá a la vida? ¿Qué amor la hará revivir? ¿Alcanzará el suyo, inmenso como el mar? ¿Alcanzará su amor?

Y Ana dice:

–Volvé, mamá... Te quiero tanto... Te necesito... Te quiero, mamá... Volvé... Por favor, volvé...

Y entonces...

¿Lo creerá usted, señor Editor?

¡Los dedos del *cadáver-muñeca* comienzan a moverse! Uno, y otro, y otro más. Es como si se desperezaran. Como si volvieran a vivir. Precisamente así: como si volvieran a la vida tras un largo y profundo sueño. Y luego, con lentitud, pero con una voluntad inexorable, también el brazo comienza a moverse, y se desplaza, se levanta, y la mano, la mano cosida a ese brazo, busca, ahora, los cabellos dóciles de Ana y los acaricia. Los acaricia con infinita ternura. Y Ana, con esa misma ternura, con la misma infinita ternura con que la mano del *cadáver-muñeca* acaricia sus cabellos, Ana, nuestra pequeña, aún con esas lágrimas lentas brillando en sus ojos, lágrimas que ya no son de dolor, sino de gratitud, de honda alegría, dice:

–Volviste, mamá... Volviste... Volviste...

Sólo el amor puede revivir a los muertos.

Sin más, aprovecho la oportunidad para saludarlo muy atentamente,

Heriberto Ryan. Director del Reformatorio
para Mujeres "Coronel Andrade"

POSDATA:

¡Cuántas cosas se preguntará usted! Sobre todo, una: si yo, Heriberto Ryan, he sido el narrador de este relato, ¿cómo es posible que haya muerto en él? ¿Quién escribirá la versión definitiva?

Y también: ¿no era Heriberto Ryan un hombre de escasa cultura? Vamos, ¿se creyó esto? ¿No le hizo sospechar lo contrario que escondiera su whisky tras el *Ulises*? Y (se preguntará) también: ¿no bebía excesivamente? ¿No será todo esto el farragoso resultado de los delirios de un borracho?

Le admito algo: de todos los cadáveres de esta historia, el único imposible es el de Heriberto Ryan, el encargado de narrarla. Pero, señor Editor, ya conoce usted mi concepción de la literatura. Se la dije desde un principio, cuando le hablé de mi programa literario. Escribí para seducirlo, para engañarlo. La literatura, para mí, es irrealidad, ficción, mentira. En pocas palabras: un cadáver imposible.

Publique el texto así. Con mis vacilaciones, con mis adjetivos y mis adverbios, con mis notas a pie de página, con mi intolerable vanidad, que usted ha tolerado si llegó hasta aquí.

Pero sobre todo: no deje de publicarlo. Le va en ello la vida. ¿Recuerda la *boutade* de Flaubert cuando le preguntaron quién era Mme. Bovary? ¿Qué cree que respondería yo si me preguntaran quién es la pequeña Ana? Respondería: *la pequeña Ana soy yo.* Y, si usted insistiera en la desagradable idea de no publicar el texto, lo visitaría cualquiera de estas noches, renqueando, con un enorme cuchillo en mi diestra.

No habrá versión definitiva. No la espere. No tocaré una sola coma. No correrá ni más ni menos sangre de la que ha corrido. Morirán todos los que mueren y vivirán los pocos que han logrado sobrevivir.

Caramba, ¿tengo que decírselo?

Esta carta es la novela.

Y usted acaba de leerla.

Este libro se terminó de imprimir
en septiembre de 2003 en Gráfica MPS S.R.L